COLLECTION FOLIO

Jack Kerouac

La grande traversée de l'Ouest en bus

et autres textes beat

Traduit de l'anglais (États-Unis)
par Pierre Guglielmina

Gallimard

Ces textes sont extraits du recueil *Vraie blonde, et autres*
(Folio n° 3904).

D'origine canadienne française, Jean-Louis Lebris de Kerouac est né dans le Massachusetts en 1922. Il effectue un passage éclair à l'université, où il se consacre surtout au football, avant de décider de sortir des sentiers battus. Pour vivre, il exerce tous les métiers : pompiste, cueilleur de coton, matelot, déménageur… C'est en 1944 à New York qu'il fait la connaissance d'Allen Ginsberg et de William Burroughs, qui deviennent ses compagnons de virées nocturnes dans les boîtes de jazz où se mêlent alcool, drogue, homosexualité, délires poétiques et musique. Il commence un roman, qui sera publié en français sous le titre *Avant la route.* En 1947, il rencontre son « jumeau », Neal Cassady, et tous deux sillonnent les États-Unis. Il s'inspire de cette expérience pour écrire, en trois semaines sur un rouleau de papier, selon une technique nouvelle, la « littérature de l'instant », *Sur la route,* qui paraît en 1957. Le succès est immédiat et le roman devient le manifeste de la Beat Generation : entraîné par Dean (double de Neal Cassady), Sal (double de Jack Kerouac) abandonne New York à la fin des années 1940 pour se lancer dans un voyage effréné à travers les États-Unis. Cocasse ou tragique, le récit prend des allures de quête intérieure.

Kerouac écrit et publie beaucoup les années suivantes : *Les clochards célestes, Docteur Sax, Les anges vagabonds, Big Sur*

— roman autobiographique dans lequel le héros cherche à fuir San Francisco et les beatniks, jeunes gens désenchantés, révoltés et anticonformistes —, *Satori à Paris*… Miné par l'alcool et la drogue, Kerouac meurt en Floride à quarante-sept ans en reniant ses amis du mouvement Beat et en affichant publiquement des idées conformistes.

Kerouac a mêlé si étroitement sa vie à son œuvre qu'elle en est elle-même la substance. Il est présent dans presque tous ses livres. Dans l'écriture s'enchevêtrent la réalité, les souvenirs, le rêve, les visions, pour aboutir à une méditation sur la vie.

Lisez ou relisez les livres de Jack Kerouac en Folio :

SUR LA ROUTE (Folio nº 766)

LES ANGES VAGABONDS (Folio nº 457)

LES CLOCHARDS CÉLESTES (Folio nº 565)

BIG SUR (Folio nº 1094)

LE VAGABOND SOLITAIRE (Folio nº 1187)

LES SOUTERRAINS (Folio nº 1690)

SATORI À PARIS (Folio nº 2458 et Folio Bilingue nº 150)

DOCTEUR SAX (Folio nº 2607)

LE VAGABOND SOLITAIRE (choix) / *LONESOME TRAVELER (Selected Stories)* (Folio Bilingue nº 81)

LE VAGABOND AMÉRICAIN EN VOIE DE DISPARITION *précédé de* GRAND VOYAGE EN EUROPE (Folio 2€ nº 3695)

VRAIE BLONDE, ET AUTRES (Folio nº 3904)

VISIONS DE GÉRARD (Folio nº 5389)

SUR LA ROUTE. *Le rouleau original* (Folio nº 5388)

VISIONS DE CODY (Folio nº 5442)

SUR LES ORIGINES D'UNE GÉNÉRATION *suivi du* DERNIER MOT (Folio 2€ nº 5466 et Folio Bilingue nº 234)

VANITÉ DE DULUOZ. *Une éducation aventureuse (1935-1946)* (Folio nº 5495)

TRISTESSA (Folio nº 5567)

MAGGIE CASSIDY (Folio nº 5568)

ET LES HIPPOPOTAMES ONT BOUILLI VIFS DANS LEURS PISCINES, avec William Burroughs (Folio nº 5665)

Croyance et technique pour la prose moderne

Liste des principes :

1. Remplis des carnets secrets et tape à la machine des pages frénétiques, pour ta seule joie
2. Soumis à tout, ouvert, à l'écoute
3. Essaie de ne pas être ivre hors de ta maison
4. Sois amoureux de ta vie
5. Quelque chose que tu sens finira par trouver sa forme propre
6. Sois un foutu simple d'esprit saint de l'esprit
7. Souffle aussi profond que tu veux souffler
8. Écris ce que tu veux depuis le fond sans fond de l'esprit
9. Les visions imprononçables de l'individu
10. Pas de temps pour la poésie mais pour ce qui est exactement
11. Tics visionnaires frissonnant dans la poitrine

12. Dans la fixité de la transse à rêver de l'objet devant toi
13. Débarrasse-toi de toute inhibition littéraire, grammaticale et syntaxique
14. Sois comme Proust un vieux défoncé au temps
15. Raconter l'histoire véritable du monde dans un monologue intérieur
16. Le joyau cœur de l'intérêt est l'œil à l'intérieur de l'œil
17. Écris en souvenir et stupéfaction de toi-même
18. Pars de la concision du milieu de l'œil en nageant dans la mer du langage
19. Accepte la perte pour toujours
20. Crois au contour sacré de la vie
21. Efforce-toi d'esquisser le flux qui est déjà dans l'esprit, intact
22. Ne pense pas à des mots quand tu t'arrêtes mais à mieux voir l'image
23. Garde la trace de chaque jour armorié dans le matin qui t'appartient
24. Pas de crainte ou de honte quant à la dignité de ton expérience, de ton langage et de ta connaissance
25. Écris pour que le monde lise et voie les images précises que tu en donnes
26. Le livre-film est le film en mots, la forme visuelle américaine

27. Louange du Caractère dans la Sinistre Solitude inhumaine
28. Composition dingue, sans discipline, pure, remontant du dessous, plus c'est fou mieux c'est
29. Tu es un Génie tout le temps
30. Écrivain-Metteur en scène des Films Terrestres Financés et Angélisés au Ciel

Principes de prose spontanée

MISE EN PLACE — L'objet est placé devant l'esprit, soit dans la réalité, comme dans l'esquisse (devant un paysage ou une tasse de thé ou un vieux visage), soit dans la mémoire où il devient l'esquisse faite de mémoire d'une image-objet déterminée.

PROCÉDURE — Le temps étant d'une importance essentielle pour la pureté de la parole, langue d'esquisse est un flux ininterrompu depuis l'esprit des idées-mots personnels et secrets *soufflant* (comme un musicien de jazz) sur le sujet de l'image.

MÉTHODE — Pas de points séparant les phrases-structures déjà arbitrairement minées par la fausseté des deux-points et des timides et généralement inutiles virgules — mais vigoureux tiret coupant la respiration rhétorique (comme le musicien de jazz reprenant son souffle entre les phrases expirées) — « pauses mesurées qui sont les principes de notre parole » — « divisions des *sons* que nous entendons » — « le temps et comment le noter ».

PORTÉE — Pas de « sélectivité » de l'expression mais la poursuite d'une libre déviation (association) de l'esprit dans les eaux sans limites de la pensée soufflée-sur-le-sujet, nageant dans la mer de l'anglais sans autre discipline que les rythmes d'expiration rhétorique et de déclaration exclamée, comme un poing abattu sur une table à la fin de chaque énonciation, bang ! (le tiret) — Souffle aussi profond que tu veux — écris à la même profondeur, pêche aussi profond que tu veux, fais-toi d'abord plaisir, puis le lecteur ne peut manquer de recevoir le choc télépathique et l'excitation du sens selon les mêmes lois qui opèrent dans son propre esprit d'homme.

DÉCALAGE DANS LE *PRODUCERE* — Pas de pause pour penser au mot juste mais l'accumulation enfantine et scatologique de mots concentrés jusqu'à ce que la satisfaction soit atteinte, ce qui finira par être une grande valeur rythmique ajoutée et sera en accord avec la Grande Loi du Tempo.

TEMPO — Rien n'est boueux s'il peut *courir dans le temps* et selon les lois du *temps* — Accentuation shakespearienne du besoin dramatique de parler maintenant dans sa propre voix inaltérable ou de tenir sa langue à jamais — *pas de révisions* (si ce n'est pour d'évidentes erreurs rationnelles, telles que noms et insertions *calculées* dans l'acte non d'écrire mais d'*insérer*).

CŒUR DE L'INTÉRÊT — Commence non pas à partir d'une idée préconçue de ce qu'il y a à dire sur l'image mais du joyau cœur de l'intérêt pour le sujet de l'image au *moment* d'écrire, et écris dehors en nageant dans la mer du langage en direction du relâchement périphérique et de l'épuisement — Pas d'après-coup si ce n'est pour des raisons poétiques ou post-scriptum. Jamais d'après-coup pour « améliorer » ou faire droit à des impressions du genre la meilleure prose est toujours celle qu'il a fallu le plus douloureusement et personnellement arracher au doux berceau protecteur de l'esprit — soutire le chant de toi-même, *souffle ! — maintenant ! — ta* voie est ta seule voie — « bonne » — ou « mauvaise » — toujours honnête (« grotesque ») spontanée, d'intérêt « confessionnel », parce que sans « métier ». Le métier *est* le métier.

STRUCTURE DE L'ŒUVRE — Structures modernes bizarres (science-fiction, etc.) naissent d'une langue morte, thèmes « différents » qui donnent l'illusion d'une vie « nouvelle ». Suis vaguement les contours dans un mouvement d'éventail sur le sujet, comme la rivière autour du rocher, de sorte que l'esprit soufflant sur le cœur-joyau (fais passer ton esprit dessus, *une fois*) parvienne à un pivot, où ce qui était forme obscure « commençant » devient « fin » nécessaire absolue et la langue se concentre dans sa course pour transmettre la course-temps de l'œuvre, suivant les lois de la Forme Profonde, jusqu'à la conclusion, derniers mots, dernière goutte — La Nuit est La Fin.

ÉTAT MENTAL — Si possible écris « sans conscience en semi-transe » (comme Yeats à la fin dans la « transe-écriture », autorisant l'inconscient à admettre dans son propre langage sans inhibition et nécessairement intéressant et si « moderne » ce que l'art conscient aurait censuré, et écris dans l'excitation, rapidement, avec des crampes de la main ou de la machine, en accord (depuis le centre jusqu'à la périphérie) avec les lois de l'orgasme, la « conscience nébuleuse » de Reich. *Viens* du dedans, dehors — vers ce qui est relâché et dit.

La grande traversée de l'Ouest en bus

Épuisant ou pas, il n'y a pas de meilleur moyen de voir l'Ouest que de prendre un bon vieux bus et de foncer à toute allure sur de bonnes routes pour arriver dans toutes sortes de villes grandes et petites où vous pouvez descendre et parfois marcher pendant une heure entière, voir le monde et revenir au bus pour repartir. Quand j'ai acheté mon billet de San Francisco à New York en passant par le Nord-Ouest sur la côte Pacifique, le préposé a cru que j'étais fou. Je prenais le chemin du retour en traversant le continent avec mes dix sandwiches et un ou deux dollars en poche.

J'ai dormi à l'arrière du bus tout au long de la vallée du Sacramento et je me suis réveillé à sept heures du matin à Redding avec, au bout des rues désertes, les collines couvertes de touffes d'herbe blanches. Puis jusqu'au lac Shasta en passant par les montagnes de Buckhorn et de

Hatchet, tout ce grand Nord-Ouest de forêts et de neige que j'ai vraiment aimé. Puis au loin, fantomatique, le mont Shasta ; lacs de montagne partout, grand ciel bleu saturé de l'air des montagnes. Un endroit appelé La Moine, des baraques le long de la voie ferrée au fond de la vallée. Passé des montagnes spectaculaires et des crêtes boisées, Dunsmuir, une petite ville avec voie ferrée et scierie, ville perchée sur une crête hantée par le Shasta des neiges mouvantes, courtisé par les nuages. Montagne terrible ! — avec ses apparitions fantomatiques s'ébattant dans le grand jour bleu sans même attendre la nuit.

La ville de Weed. Alors que va-t-il faire dans Weed ? Rien. Neige, froid, sapins des montagnes, des hommes sur le porche d'une grande auberge donnant sur les espaces vides et les wagonnets de charbon ; Weed sinistre et désolée, et juste à la sortie la grande masse solitaire de Black Butte. Après Weed, d'immenses nuages au loin au-dessus de la chaîne des Cascades et des Siskiyous en Oregon, les nuages de la Piste de l'Oregon. À Dorris, Californie, l'annonce de grottes de glace à l'est, au bout de spacieux couloirs de neige. Tout beaucoup plus joyeux jusqu'à Klamath Falls dans la vallée de la rivière Klamath où j'ai compris que j'étais dans une joyeuse ville américaine d'antan tout enneigée et où je me suis promené dans l'air grisant. Des gamins penchés sur la rambarde du pont. Fabriques, rues de brique rouge, hommes affairés dans le soleil matinal, cloche qui sonne, petite ville dans le froid piquant qui me fait regretter ma ville natale, dans l'État de New York. Remontée par le lac Klamath roulant sur la crête des collines boisées qui conduit aux cratères de l'est de l'Oregon, étendues sauvages, prairies et ce croisement étrangement méconnu de l'Oregon, de l'Idaho et du Nevada. Le pays des Indiens Shasta est derrière — le territoire des Modocs à présent, les Indiens du Lac, j'en ai vu quelques-uns à Modoc Point et Agency Lake, l'air morose devant les magasins. On est montés longtemps et sans se presser au col de Sun ; vu un lac dans le cratère d'un volcan ; et un sommet tellement pointu que Dieu n'aurait pas osé s'y asseoir ; partout de grands rochers enneigés dans l'air du Nord-Ouest, des bois. Au loin j'ai eu un dernier aperçu du mont Shasta qui hante la pauvre Weed et la pauvre Dunsmuir, une montagne voilée, fantomatique, à l'air méprisant. On a grimpé jusqu'au grand col de Pengra avec son mètre de neige et ses immenses séquoias majestueux drapés dans la neige — s'affaissant, ondulant, serrés, lugubres, taillés, d'une blancheur orchestrale, poussant comme des baguettes sur les flancs tordus des falaises. Redescente dans la vallée de la Willamette, un fin ruban de fermes pauvres hantées par les cratères des volcans dans le lointain du crépuscule. Cette partie de l'Oregon est un désert où les gens doivent vivre dans des vallées comme la haute Willamette en restant toujours hantés, même quand ils traient d'adorables vaches, par les lointaines Encantadas de ce foutu Ouest… et puis la neige fond à Pengra et la haute Willamette inonde les villes de Eugene, Albany, Junction City, Oregon City, Salem, pour leur faire voir la petitesse de leur commencement et exhiber l'impuissance stérile de ces volcans paralysés dans leur rage. Ah ! — et puis il y a la rivière Columbia pour les inondations, ralliée par la Willamette et la grande Snake River pour inonder d'autres villes.

Portland émerge de la route ; pluie et neige au moment où nous passons le pont au-dessus de la sombre et majestueuse Columbia. Ici aussi, la rivière qui était autrefois le pouls de l'aventure et du commerce à Portland a été interdite au « public » par les remorquages, les bases navales, les barrières métalliques, tout comme pour le Mississippi à Algiers, Louisiane, et j'aurais dû le savoir avant de faire ma promenade. Bouges chinois de Portland un samedi soir. J'en choisis un sur Broadway et je m'assois au milieu des filles et des garçons qui flirtent, pour écrire mes lettres.

Enfin j'étais sur le point de parvenir à la source de la nuit de pluie qu'on traverse sur les routes des marées, le Nord de neige, l'Ouest qui fait des Mississippi : Montana ! Je l'attends, mystifié. Deux mendiants vagabonds à l'arrière du bus à la sortie de Portland vers minuit ont dit qu'ils allaient à un endroit appelé The Dalles pour faire une affaire, ivres. « Nom de Dieu, ne nous fais pas jeter à Hood River ! » a protesté son copain.

« Ah merde, je vais me mettre le chauffeur dans la poche pour un ou deux dollars ! » Nous avons roulé dans les ténèbres de la vallée de la Columbia en plein blizzard. Je distinguais les grands arbres, les escarpements, les ténèbres terrifiantes et les lumières de Vancouver et Cape Horn à travers le voile sur les flots. J'ai eu une petite conversation avec le clochard dingue. « Ma conception, c'est Kansas City, Jackson County », a-t-il dit, et « j'ai été conçu au Texas » ou à Bakersfield, ou Modesto, ou Delano, il n'arrivait pas à décider quel mensonge lui conviendrait le mieux. Il disait qu'il serait depuis longtemps un hors-la-loi si Edgar J. Hoover n'avait pas fait du vol un délit. Il a dit qu'il allait à The Dalles pour voler (une ville de petites fermes et de scieries, a-t-il dit)...

en avant toute dans la nuit effrayante de la vallée de la Columbia. J'ai dormi jusqu'à deux heures du matin et je me suis réveillé à Multnomah Falls où je suis descendu me dégourdir les jambes. Je ne voyais presque rien dans la lumière étrange, mais un fantôme à capuche blanche faisait tomber de l'eau depuis son énorme front gelé. À des centaines de mètres de hauteur depuis la falaise rocheuse creusée patiemment en corniche par l'épouvantable Columbia, depuis ce front neigeux, des eaux fantomatiques dégringolaient d'un trou en forme de bouche et s'évaporaient en brume à mi-hauteur. Nous étions à présent au fond de la vallée, les yeux levés vers d'antiques berges rocheuses, et je ne pouvais pas voir ce qu'il y avait dans l'obscurité au-dessus et au-delà de ce bonnet de glace de ces Chutes — quelles atroces horreurs ? quelle nuit escarpée ? Pas une étoile.

Le chauffeur du bus a dévalé des crêtes démentes toute la nuit. J'ai dormi tout au long de la rivière Hood, j'ai raté The Dalles, je me suis réveillé brièvement dans la matinée pour voir Wallula dans l'immense plateau d'armoise et de plaines où la Columbia se tordait pour rejoindre la Snake et la Yakima. Les plaines brunes de Pasco, et à l'horizon les longues collines brumeuses qu'on appelle Horse Heaven. Je n'avais rien d'autre à faire que de lire le paysage ; j'étais seul. Cap sur le nord-est, nous avons traversé Connell, Sprague, Cheney, des terres à bétail et à blé comme l'est du Wyoming, dans un violent blizzard jusqu'à Spokane, grosse bourgade enneigée du dimanche après-midi où j'ai dû souffrir un kilomètre pour récupérer mon blouson de cuir noir au dépôt des bus ; je l'avais oublié. Puis ce fut l'Idaho, les grandes neiges à sapins du col du Fourth of July ; et Cataldo avec sa grappe de maisons nichées dans l'hallucinant trou de la montagne ; des têtes joviales néanmoins, des enfants en train de jouer, des chiens d'aboyer, des cheminées de fumer comme dans le Maine. À Mullan au milieu des à-pics j'ai pensé à Jim Bridger et comment, en se réveillant le matin dans la vallée encaissée où se trouve à présent Mullan, il avait regardé devant lui là où le lit de la rivière devait indiscutablement le conduire à travers les terrains escarpés qui lui appartenaient. Jim Bridger n'escaladait pas autant les pentes que nombre d'entre nous, civilisés, avons tendance à le faire, il suivait l'éternité des lits de rivières et s'en satisfaisait. Jim Bridger… moulant son café et coupant son bacon et faisant frire sa viande de cerf dans l'ombre hivernale des montagnes Bitterroot encore inconnues. Quelles pouvaient bien être ses pensées en ce début du dix-neuvième siècle, vieil homme blanc à squaws, Jim Bridger le solitaire ? Telles furent mes pensées à l'entrée du Montana ; la nuit est tombée pendant que nous montions vers le col du Guetteur dans les Bitterroots. Du haut du gris neigeux, nous avons pu voir, deux kilomètres en contrebas, le ravin où la lumière d'une cabane était seule allumée. Deux garçons en voiture ont failli tomber de la crête en évitant notre bus, pour aller s'enfoncer dans la neige entassée sur le bas-côté. Quand le chauffeur est sorti avec sa pelle pour les dégager, dans le silence j'ai ouvert ma fenêtre pour écouter le secret des Bitterroots… un silence sans nom. En bas du col, nous avons traversé Deborgia, Montana, Frenchtown et Missoula. J'ai commencé à voir ce qu'était le Montana, dans une station au fin fond du désert il y avait des cow-boys, des bûcherons et des mineurs dans l'arrière-salle du bar en train de jouer aux cartes et aux machines à sous, dehors c'était la nuit du Montana avec ours, élan, loup, sapins, neige, rivières secrètes, Bitterroots glacées. Une petite lumière allumée dans la station, dans le noir le plus immense, saturé d'étoiles. Je me suis demandé ce que les jeunes gens du coin pensaient de leur Montana, ce qu'ils avaient pensé en 1870, ce qu'y ressentaient les vieux, et toutes les belles femmes cachées. J'ai dormi sur la route de Butte la grande… passé la ligne des

Rocheuses près d'Anaconda et du col de Pipestone… Butte, de brutale géographie.

En arrivant, j'ai mis mon sac à la consigne pendant qu'un jeune mec indien me demandait d'aller boire avec lui ; il avait l'air trop dingue. J'ai marché dans les rues en pente dans un climat ultra au-dessous de zéro avec mon mouchoir bien serré autour de mon col de cuir et j'ai vu que tout le monde à Butte était ivre. C'était le dimanche soir, j'avais espéré que les saloons resteraient ouverts assez tard pour que je puisse les voir. Ils ne ferment jamais. Dans un grand saloon de l'âge d'or j'ai pris une bière géante. Sur le mur il y avait un grand écran lumineux affichant des numéros de loto. Le barman m'a fait l'honneur de me laisser choisir un numéro pour lui, pariant sur la chance du débutant. Pas de bol. « Arrivé ici il y a vingt-deux ans et je suis resté. Les gens du Montana boivent trop, se bagarrent trop, s'aiment trop. » Quels personnages là-dedans : vieux chercheurs d'or, joueurs, putains, mineurs, Indiens, cow-boys, hommes d'affaires en train de chiquer ! Groupes d'Indiens maussades qui buvaient du tord-boyaux rouge dans les chiottes. Des centaines d'hommes jouaient aux cartes dans une atmosphère enfumée au milieu des crachoirs. C'était la fin de ma quête du bar idéal. Un vieux croupier de black jack m'a brisé le cœur, il me rappelait tellement W. C. Fields et mon père, gros, nez en patate, superbe visage angélique tanné et grêlé, s'épongeant le front avec un mouchoir tiré de sa poche arrière, visière verte, respirant avec une immense tristesse laborieuse d'asthmatique dans ces nuits de jeu et d'hiver à Butte jusqu'à ce qu'il finisse par ramasser ses affaires et aille ronfler une autre journée de sommeil. J'ai vu aussi un homme de quatre-vingt-dix ans appelé Old John qui jouait tranquillement aux cartes jusqu'à l'aube, les yeux mi-clos, comme toujours depuis 1880 dans le Montana… depuis l'époque du bétail conduit au Texas l'hiver, l'époque de Sitting Bull. Il y avait un autre vieil homme avec un vieux chien de berger poilu, affectueux, et qui se tordait les chevilles dans la nuit froide de la montagne après avoir contenté son âme aux cartes. Il y avait des Grecs et des Chinois. Le bus n'est pas reparti de Butte avant l'aube. Je me suis promis de revenir. Le bus a rugi jusqu'en bas de la descente et en me retournant j'ai vu Butte et sa Gold Hill de légende encore éclairée comme un bijou et scintillant sur le flanc de la montagne dans l'aube bleue des terres du Nord.

Rochers sauvages et armoise jusqu'à Three Forks, source de tout, là où les rivières Madison, Gallatin et Jefferson concluent un pacte de confluence pour former le berceau et le commencement du Père des Eaux, le lieu secret de l'allaitement du Mississippi, le secret gargantuesque de l'Amérique qui à présent, au milieu de l'hiver, déborde et gèle en de boueuses inondations sur des hectares entiers de ranchs recouverts de neige — avant-goût des somptueuses inondations à venir sur les pavés de Natchez à deux mille kilomètres d'ici, des plantations fertiles vouées à se désagréger dans les parages du Missouri qui s'envole vers le nord et du Mississippi qui plonge vers le sud. C'était là que tout avait commencé, et commencé dans la glace. Quelque part sur cette ligne, à plusieurs kilomètres en aval de Three Forks, la foudre primitive s'abat une nuit sur un arbre et ce morceau de bois serpente indéfiniment, flottant au fil de l'eau ; jusqu'à Helena, Cascade, Wolf Point, Mandan des neiges hivernales, Council Bluffs ; jusqu'au-dessus de Saint Louis où le viril Missouri charrie d'énormes flots de boue vers la féminine Miss, cette bille de bois odysséenne des solitudes du Montana est emportée au long des larges rives nocturnes jusqu'à Cairo ; là, elle est rejointe par des brindilles de l'État de New York via l'Ohio et l'Allegheny ; et encore plus bas, bille de bois errante et déchiquetée, gorgée d'eau et engloutie et tournoyant, surgissant dans les brumes et les voiles de brouillard pour se cogner dans le ferry qui fend les eaux brunes entre Algiers et New Orleans ; des milliers de kilomètres depuis les congères jusqu'aux saules pleureurs pour ne faire plus qu'un avec le mouvement de la nuit et le secret du sommeil, et flotter près des *keys* où le navire de haute mer, tel un éternel ferry, fait passer son étrange destinée, et voguer vers le Golfe, la nuit, la mer, l'éternité, les étoiles. Une brindille de chez moi et une bille de bois du Montana — car la pluie est la mer qui revient, et la rivière (pas le lac) est la pluie revenant à la mer, drainant une part de nous, toujours une part de nous ; et la bille de bois roule infatigablement dans la nuit et ne revient jamais.

À Big Timber, Montana, dans une vieille auberge délabrée, j'ai vu un jeune cow-boy qui avait perdu un bras à la guerre assis avec les vieux autour du poêle, regardant avec envie les garçons marchant à grandes enjambées dehors, dans les neiges de Yellowstone… triste, incapable de travailler pour le restant de ses jours, protégé par les vieux du Montana, mais *chez lui* plus que je ne pourrais jamais le dire avec tous mes bras. Billings… Miles City… les magasins de selles… les vieux bars. Un homme en gilet brodé, fatigué de jouer aux cartes, s'est levé d'une table placée sous les vieilles photos de cow-boys et les trophées de cerf et est allé au bar pour manger un bon steak saignant. Sa femme et sa jolie petite fille sont entrées, ont mangé avec lui. Ses fils tous équipés de bottes neuves et bien sûr de vestes en peau de mouton ont laissé le froid du Montana pour venir manger aussi. Puis ils ont chargé leurs affaires dans la voiture et tous sont rentrés au ranch dans la vallée de Yellowstone au milieu d'un verger, seule lumière dans la lande désolée. Le bus a continué à rouler, vers Terry, puis Glendive, la dernière station du Montana ; nous sommes bientôt arrivés à Beach, Dakota du Nord, par une nuit lugubre et glaciale sous la lune froide. À Medora, le petit confluent homonyme de l'imprévisible Missouri avait creusé un canyon fantomatique de rochers couverts de neige et de bosses entassées à perte de vue en formes boursouflées et hantées, et c'était là le cœur des Badlands, ces landes ambiguës pour les fantômes des vieux bandits fuyant la loi des villes primitives. Belfield était une ville de ce genre. Puis cap sur Dickinson où le chauffeur déchaîné a failli quitter la route sur une congère inattendue. Ça ne l'a pas dérangé le moins du monde, il a continué à foncer à cent à l'heure ; deux kilomètres après Dickinson, il s'est enfoncé dans une congère impossible à traverser et nous nous sommes retrouvés coincés au beau milieu d'un embouteillage dans le blizzard. Soudain sont apparus de tous les côtés des gyrophares, des hommes en peaux de mouton avec des pelles, tout un chaos dans les hurlements du vent. Un autre bus Greyhound en route vers l'est était coincé ; un camion ; pas mal de voitures ; cause principale de l'encombrement, une camionnette transportant des machines à sous vers Butte, Montana. Des équipes entières de garçons tout excités, en casquettes de base-ball rouges, bottes et vestes, sont arrivés de Dickinson avec des pelles, dirigés d'une main énergique par le jeune shérif. Leurs mères les attendaient à la maison avec du café brûlant. Il faisait moins cinquante. La ville de Dickinson a pris totalement en charge les secours. Quand ils ont fait un trou dans la neige, de tristes tourbillons venus des plaines du Saskatchewan sont venus aussitôt le remplir. Le chauffeur dans son délire a décidé de foncer dans le tas. Il s'est dégagé de la congère en marche arrière, a mis les gaz, a crié « Attention ! » par la fenêtre et s'est lancé à quatre-vingts à l'heure sur la partie sèche de la route et il a fendu l'air. Nous avons dévié dans la camionnette et touché le gros lot. Nous avons heurté une Ford toute neuve. Nous avons traversé le bourbier et sommes ressortis triomphants de l'autre côté. Il y a eu des acclamations dans la nuit arctique. Quel spectacle ! À Dickinson, le café était plein et rempli de toute l'excitation de la longue soirée. Sur les murs il y avait des photos des cow-boys d'autrefois et des célèbres hors-la-loi du coin. Les garçons de Dickinson trop peu robustes pour l'équipe du shérif jouaient tranquillement au billard dans la salle du fond — les types à la coule des Badlands. Jolies filles, les yeux écarquillés, assises avec leurs parents. Des hommes ont surgi du minuit hurlant pour annoncer de nouveaux incidents sur la route. Le chasse-neige était parti et avait percuté la Ford neuve et envoyé tout l'arrière s'éparpiller en mille morceaux et ensemencer la plaine de la désolation. « Croyez qu'des Fords neuves vont y pousser au printemps ? » À l'autre bout de la ville, nous nous sommes à nouveau trouvés coincés derrière un semi-remorque. Des garçons ont tiré avec des chaînes et cassé la glace et crié dans la tourmente. Nous, les petits malins des villes dans ce bus qui annonçait CHICAGO à l'avant, nous avons regardé sidérés, car ce qui provoquerait le désespoir des figures de papier mâché de l'Est faisait la joie des garçons de l'Ouest. Près de Fargo, la mécanique à l'arrière du bus a explosé et brûlé ; nous étions immobilisés ; le bus est devenu glacial et les passagers ont dû descendre et passer la nuit dans un restaurant. Personne ne m'a trouvé, j'étais affalé à l'arrière en train de faire de beaux rêves du Dakota au mois de juin. La saison des pêches, quand l'été a le visage que j'aime. J'ai dormi pendant toute la réparation dans le garage de Fargo ; les mécaniciens ne m'ont même pas dérangé. Réveillé frais comme une rose, j'ai appris les nouvelles, j'ai ri, et nous avons roulé jusqu'au Minnesota des fermes et des clochers ; la fin de l'Ouest, des ennuis et des espoirs simples, tout bien décidé et satisfait.

À Saint Cloud, Minnesota, le père Mississippi coulait majestueusement au fond d'un lit de rochers sous les cieux immenses de la vallée, et l'on sentait au nord les *Mille Lacs**[1] et la Rainy River. Minneapolis, rien qu'une sombre ville très étendue répandant des communautés blanches sur la plaine monotone. Ah pauvre de moi, le Montana, c'est bien fini. La nuit, à travers les ténèbres du fleuve et les plaines de sapins du Wisconsin, nous a emportés jusqu'à l'aube et aux rues en désordre de Chicago où les ouvriers attendent le bus en toussant. La vieille tristesse de l'Est m'a repris.

Mais j'avais vu l'Ouest.

1. Les mots ou expressions en italique suivis d'un astérisque sont en français dans le texte. *(N. d. T.)*

En route vers la Floride

Roulé jusqu'en Floride avec le Photographe Robert Frank, né suisse, pour aller chercher mère, chats, machine à écrire et grande valise pleine de manuscrits originaux, et nous avons fait ce voyage comme une sorte de mission pour le magazine *Life* qui nous a donné deux cents dollars ce qui a permis de payer l'essence et l'huile et la bouffe aller-retour. Mais j'étais sidéré de voir comment un artiste photographe fait le boulot, capter ces trucs de la Route Américaine sur lesquels écrivent les écrivains. C'est assez sidérant de voir un type, pendant qu'il est au volant, lever tout à coup d'une main son petit appareil allemand à 300 dollars et photographier quelque chose qui bouge devant lui, avec en plus un pare-brise pas lavé. Plus tard, une fois développées, les traînées sales n'affectent pas du tout la lumière, la composition ou le détail de l'image, semblent l'améliorer. Nous sommes partis de New York à midi d'une jolie journée de printemps et n'avons pas pris de photos avant d'avoir négocié l'ennuyeux (mais utile) péage du New Jersey et d'être arrivés dans le Delaware sur la route 40 où nous nous sommes arrêtés pour manger dans un restaurant du bord de route. Je n'avais rien vu de particulier à photographier, ou « sur quoi écrire », mais soudain Robert a pris son premier cliché. Du comptoir où nous étions assis, il s'était tourné et avait pris une photo d'un gros semi-remorque avec voitures empilées, deux étages, qui se garait sur le gravier du parking, mais à travers la fenêtre et juste au-dessus du spectacle des restes et des assiettes d'une table qu'une famille venait de quitter pour reprendre la voiture et s'en aller, et la serveuse n'avait pas eu le temps de débarrasser les assiettes. La combinaison de ça, plus le mouvement à l'extérieur, et plus loin les voitures garées, et les reflets partout sur les chromes, le verre et l'acier des voitures, voitures, route, route, j'ai soudain compris que je faisais un voyage avec un artiste véritable et qui s'exprimait dans une forme d'art pas si différente de la mienne et pourtant grevée de mille contraintes très différentes des miennes. Contrairement à la croyance générale concernant la photographie, il n'est pas nécessaire d'avoir de puissants éclairages : les meilleures images, les plus chargées d'atmosphère, sont prises dans la lumière faible du début du crépuscule ou des jours de pluie, comme c'était le cas à présent dans le Delaware, fin d'après-midi avec ciel chargé de pluie et lumières qui s'allument sur le bord de la route. En sortant du restaurant, sans rien voir comme d'habitude, je me suis mis à marcher, mais Robert tout à coup s'est arrêté et a pris une photo d'un pylône solitaire avec une grappe d'ampoules argentées tout en haut, et derrière un Paysage Américain d'une désolation indicible indescriptible, à faire frissonner Marcel Proust… comme c'est beau d'être capable de donner le détail d'une scène pareille, par un jour gris, et de pouvoir même montrer la boue, les boîtes en fer-blanc abandonnées et les vieux matériaux de construction laissés là au pied du pylône, et au loin la route, la vieille route toujours là avec ses camions, voitures, pylônes, maisons qui la longent, arbres, panneaux, croisements… Un camion freine sec dans le gravier, Robert se plante devant lui et saisit derrière le pare-brise les yeux fous du conducteur et son sourire dément d'Indien. Il arrive à capter cette lueur dans le regard… Il prend la photo d'une fantastique portière de camion couverte de toutes les plaques de l'Arkansas à Washington, de la Floride à l'Illinois, avec son chaos de rétroviseurs doubles qui permettent au conducteur de voir à l'arrière au-delà de la remorque… petits détails auxquels les écrivains ne pensent pas d'habitude. Dans le jour qui s'assombrit, la pluie imminente sur la route, les lumières déjà allumées à 3 heures de l'après-midi, la brume qui descend sur la route 40, nous voyons les arabesques d'insecte des lampes à soufre modernes, au loin le flou des arbres oubliés, les voitures entassées passant le péage du tunnel portuaire de Baltimore, Robert photographie tout ça l'air de rien tout en conduisant, un œil dans le viseur, clic. De là on descend dans le Maryland, éclairs des phares dans la pluie de 4 heures de l'après-midi, l'allure solitaire d'un feu de croisement, le sifflement des lignes de téléphone vers l'horizon lugubre où encore un camion se dirige têtu vers quelque humaine destination, vers la joie, vers un toit. Et la grande pancarte GULF, dans le golfe du temps… une vue guère insolite et pourtant toujours saisissante au milieu de la blancheur des motels et du pur alignement des vendeurs de hot dogs dans un district anonyme des États-Unis d'Amérique où les feux rouges semblent toujours donner une impression de pluie et les feux verts une impression de distance, de neige, de sable…

Puis la fille noire qui rit en prenant le dollar

au péage du Potomac au crépuscule, le prix du péage qui s'inscrit en chiffres lumineux sur le panneau. Puis, sur le pont, l'éclat et le mystère des phares qui arrivent dans l'autre sens (quelque chose qu'un écrivain utilisant des mots ne peut jamais complètement rendre), la présence des vieilles jetées en bois, même impossibles à photographier, en train de pourrir bien au-dessous dans la boue et les broussailles, le vieux fleuve Potomac et puis la Virginie, le lieu des vieilles batailles de la guerre de Sécession, l'entrée dans la région appelée Le Désert, toute une tristesse d'acier sur près de deux kilomètres le long des eaux qui roulent quand même, indifférentes à la folle invention de l'Amérique, aux photographies, aux mots. Le scintillement de la pluie sur les pavés du pont, le rouge des feux de stop, les reflets gris dans les trous du ciel où le soleil a disparu depuis longtemps derrière la pluie vers les collines occidentales du Maryland. Nous voilà dans le Sud.

Une expérience bien morose, traverser Richmond, Virginie, sous une pluie diluvienne, à minuit.

Mais le matin, après un petit somme, l'Amérique se réveille pour vous dans le brillant soleil matinal, l'herbe humide et l'auto-stoppeur dans son sac de couchage qui dort au soleil, avec sa valise en carton et son manteau à côté de lui, tandis qu'une voiture passe sur la route — il sait qu'il y arrivera là-bas s'il y va, pourquoi ne pas dormir. Son Amérique à lui. Et au-delà de son sommeil, les vieux arbres et le long train de marchandises qui passe sur la voie principale, et les bancs de sable dans l'herbe. Je reste assis dans la voiture, sidéré de voir l'artiste photographe en quête de sa proie, comme un chat, comme un ours en colère, dans l'herbe et sur la route, braquant son appareil sur ce qu'il veut voir. Comme j'aurais aimé avoir un appareil à moi, un fol appareil mental pour enregistrer en images des instantanés où l'artiste photographe lui-même est en chasse pour son instantané suprême — une épopée en soi.

Nous avons roulé jusqu'à Rocky Mount, Caroline du Nord, où, à une vente de bétail à la sortie de la ville, des centaines de chômeurs du Sud en pleine récession se pressaient les uns contre les autres dans une boue qui avait des allures de Russie, les yeux fixés sur des choses, comme le tas de marchandises qu'un type a entassé dans le coffre de sa voiture neuve à ailes profilées… Il est assis là devant ses outils, ses perceuses, son dentifrice, son tabac à rouler, ses anneaux, ses tournevis, ses stylos à plume, l'air sinistre, la mâchoire en avant, triste, dans la grisaille de ce jour du Sud, avec le bétail qui meugle et gémit tout autour et partout cette impression glacée de bruine et de désespoir. « J'imagine, m'a dit Robert Frank ce matin-là en buvant un café, bien que je ne sois jamais allé en Russie, que l'Amérique ressemble vraiment à la Russie, dans l'allure et l'atmosphère, plus qu'à tout autre pays au monde… les grandes distances, les visages, l'allure des familles qui voyagent… » Nous avons continué à rouler, juste avant la Caroline du Sud nous sommes sortis de la voiture pour une photo démente d'un restaurant de bord de route démoli qui annonçait encore « Le dîner est prêt ! Entrez ! » et à travers le bâtiment détruit on pouvait voir les champs de l'autre côté et tout autour les bulldozers à leur travail de démolition.

Dans une petite ville de Caroline du Sud, alors que je conduisais pour lui la voiture qui donnait l'impression de flotter dans Main Street, il s'est penché à la fenêtre de mon côté et a pris en photo trois jeunes filles qui rentraient de l'école. Dans le soleil. Leur protestation : « Mince alors ! »

Plus loin, une petite fille avec des barrettes dans les cheveux sur le siège avant d'une voiture que sa mère avait garée en double file devant un bazar.

Une voiture garée devant un restaurant près d'un cimetière de voitures, et sur le siège arrière, attaché à une laisse nécessaire, un petit chat effrayé… le pathos de la route et de l'Amérique Moderne : « Qu'est-ce que je fais au milieu de ce dépotoir ? »

Nous avons fait un petit détour pour aller visiter Myrtle Beach, Caroline du Sud, et nous avons trouvé une fille très pensive penchée sur un flipper pour voir le score de son mec.

Un peu plus bas sur la route de McClellanville, Caroline du Sud, un décor de vieilles maisons magnifiques et de paix incroyable, et le vieux « Barbier de la Côte » tenu par Mr. Bryan, quatre-vingts ans, qui a fièrement déclaré : « J'ai été le premier barbier blanc de McClellanville. » Nous lui avons demandé où nous pourrions boire un café en ville. « Y a pas, mais allez à l'épicerie et achetez-vous du café moulu et revenez. J'ai une jolie cafetière sur la cuisinière et trois tasses… » Mr. Bryan vivait sur la route à quelques kilomètres de là, où « tout ce que j'aime, c'est m'asseoir sur ma véranda pour regarder les voitures passer ». Voulait faire un échange avec le break 1952 de Robert Frank. « J'ai une jolie Ford 36 et une autre voiture. — Quel âge l'autre voiture ? — Pas aussi jeune… mais vous allez avoir besoin de deux voitures les gars, non ? Vous allez vous marier, non ? » Insiste pour nous couper les cheveux. Avec le peigne qui passe dans les cheveux dans la grande tradition des barbiers, il fait une coupe bizarre au photographe et glousse et se souvient. La boutique n'a pas changé depuis que le Photographe Frank est passé il y a environ cinq ans pour la photographier depuis la porte d'entrée, même les bouteilles sur les étagères sont identiques et apparemment n'ont pas bougé.

Un tout petit peu plus loin, une route de campagne vers les maisons noires de McClellanville, une officine de pompes funèbres pour Noirs, Strawhat Charley avec sa balafre, qui regarde par la vitre de sa voiture noire étincelante : « Hé »... Et les tombes, simples monticules couverts de coquillages, parfois marquées d'une symbolique bouteille de Coca Cola. Des choses qu'il est difficile de capter avec des mots, le sombre poème de la mort...

Un petit somme encore, et Savannah au matin. En chasse, nous tombons sur un camion d'ordures tout neuf de la Ville de Savannah avec de fantastiques têtes de poupées alignées qui clignent des yeux quand le camion manœuvre dans les ruelles où des femmes en robe de chambre sortent pour superviser... les poupées, le drapeau américain, le fer à cheval dans le parebrise, les emblèmes, les rétroviseurs, le nombre infini d'oriflammes et de tiges admirables, et le patron qui conduit, un Noir tout équipé avec bottes et casquette et couteau à « ordure » à la ceinture. Il dit : « Attendez ici qu'on fasse le tour et vous pourrez en prendre une de première du camion en plein SOLEIL » et Robert Frank se fait un plaisir… la matinée en quête d'une proie dans les ruelles de Savannah avec son appareil qui voit tout… le Dos Passos des photographes américains.

On fouille les gares routières, on trouve un fils du Sud avec chapeau mou à la Snopes qui attend à la porte n° 1 de la gare, un doigt sur la carte, en disant : « Je ne sais pas où va cette ligne. » (*La nouvelle Aristocratie du Sud !* crient mes amis en voyant cette image.)

La nuit, et la Floride, la route solitaire et sa nuit de panneaux blancs comme neige à un croisement perdu indiquant quatre illisibles directions vers nulle part, et les voitures fantômes dans l'autre sens. Et les boutiques de cadeaux du bord de route en Floride la nuit, les pélicans d'argile plantés dans l'herbe qui ne sont pas grand-chose sauf photographiés de nuit dans l'éclair atomique des phares d'une voiture qui roule vers le nord.

Des caravanes… une piscine… la mousse espagnole qui pend des vieux arbres… Et pendant que nous sommes embusqués pour photographier un poney blanc à la longe près d'une piscine, nous repérons quatre grenouilles sur un bâton flottant dans une piscine céruléenne... regardez de près et voyez vous-même si les grenouilles ne sont pas en train de méditer. Une caravane Melody Home, les canaris dans la cage à la fenêtre, et un peu plus loin sur la route l'inévitable zoo avec son vieil alligator endormi depuis mille ans et trop paresseux pour secouer son museau calleux et débarrasser son nez et ses yeux des épluchures de cacahuètes... rêvassant dans sa sauce. D'autres campements de caravanes, encore plus sinistres, comme celui de Yukon, Floride, le bateau à moteur sur sa remorque, prêt à partir, la bouteille de butane, la chaise longue toute neuve au soleil, la balançoire de bébé en toile, la jolie épouse langoureuse qui sort, cigarette à la bouche... derrière elle l'herbe qui danse et les marais...

Maintenant nous sommes en Floride, nous voyons la dame en robe à fleurs dans un drugstore du centre-ville d'Orlando penchée sur le présentoir de cartes postales fleuries, car elle a fini par arriver en Floride et il est temps d'envoyer des cartes postales à Newark.

Dimanche, la route de Daytona Beach, les étudiants en bande dans la Ford, pieds nus sur le tableau de bord, ils aiment tellement cette voiture qu'ils sont couchés dessus à la plage.

Les Américains, on ne peut pas les séparer de leurs voitures même sur la plus belle plage naturelle du monde, ils prennent de délicieux bains de soleil pratiquement sous le carter d'huile de leurs voitures perpétuellement neuves… Les Rebelles sur leurs motos, en tee-shirt, bottes, lunettes de soleil et pantalons bon genre, peintures démentes sur la moto, et au-delà l'entassement des voitures près des vagues. Un autre « rebelle », pas si rebelle, parlant poliment depuis sa moto à une jeune famille affalée sur le sable derrière leur voiture… au loin, d'autres personnes couchées sur les ailes des voitures. Des critiques des photographies de Mr. Frank ont demandé : « Pourquoi prenez-vous tant de photos de voitures ? »

Il a répondu en haussant les épaules : « C'est tout ce que je vois partout… Regardez vous-même. »

Regardez vous-même, les douces vagues ensoleillées de l'Atlantique qui viennent lécher le sable dur plat perlé, mais partout où vous regardez, des voitures, des Cadillac à ailes profilées, une jeune femme et un bébé pour dix voitures, ou des familles entières sous des couvertures tendues entre des voitures campant devant des motels sinistres.

L'instantané suprême, Mrs. Jones de Dubuque, Iowa, qui fait deux mille cinq cents kilomètres pour tourner le dos à l'océan et s'asseoir derrière le coffre ouvert de la voiture de son mari (un vendeur de voitures), s'ennuyant à mourir au milieu des couvertures et des roues de secours.

Une leçon pour n'importe quel écrivain… suivre un photographe et voir ce qu'il vise… je veux dire un grand photographe, un artiste… et comment il fait ça. Le résultat : quoi que ça puisse être, c'est l'Amérique. C'est la Route Américaine et chaque fois ça réveille l'œil.

Agneau, pas lion

La Beat Generation n'est pas une bande de voyous. En tant qu'homme qui a soudain pensé à ce mot, « *beat* », pour décrire notre génération, j'aimerais avoir mon mot à dire avant que tout le monde dans le domaine de la littérature se mette à qualifier ladite génération de « culs-terreux », de « violente », d'« irresponsable », de « déracinée ». Comment *des gens* peuvent-ils être déracinés ? Irresponsables de quoi ? D'envies ? Culs-terreux parce qu'on n'a pas l'air élégant ?

Beat ne veut pas tant dire fatigué, ou éreinté, que *beato*, béatifique en italien : être dans un état de béatitude, comme saint François, essayer d'aimer toute vie, essayer d'être absolument sincère avec chacun, pratiquer l'endurance, la bonté, cultiver la joie du cœur. Comment cela peut-il se faire dans notre monde moderne délirant de multiples et de millions ? En pratiquant un peu la solitude, en partant tout seul de temps en temps pour engranger l'or le plus précieux : les vibrations de la sincérité.

Être emmerdé n'est pas être *beat* ! Vous pouvez être replié sur vous-même, mais vous n'avez pas besoin d'être méchant à cause de ça. Être *beat* n'est pas une forme de critique ancienne et épuisée. C'est une forme d'affirmation spontanée. Quel genre de culture allons-nous avoir quand tous les visages gris vont dire : « Je ne crois pas que ce soit tout à fait correct » ?

Commençons par le commencement. Après que j'ai publié mon livre sur la Beat Generation, des gens m'ont demandé d'expliquer à la télévision, à la radio, partout, ce que c'était que d'être *beat.* Ils avaient tous l'impression qu'être *beat* n'était qu'une bonne dose d'hystérie frénétique. Vous êtes à la recherche de quoi ? me demandaient-ils. Je répondais que j'attendais de voir Dieu me montrer sa face. (Plus tard j'ai reçu une lettre d'une fille de seize ans me disant que c'était exactement ce qu'elle attendait elle aussi.) Ils ont demandé : Comment cela pourrait-il avoir le moindre rapport avec tous ces mecs dingues ? J'ai répondu que même ces joyeux dingues avec toutes leurs virées et leurs poupées et leur logorrhée étaient des créatures de Dieu jetées dans cet univers infini sans savoir pourquoi. Et de plus je n'ai jamais entendu autant parler de Dieu, des Choses Dernières, de l'âme, du destin, que parmi les gamins de ma génération : pas seulement chez les intellectuels, chez *tous.* Dans les yeux de mes interlocuteurs, la même question désespérée : Mais Pourquoi ? Billy Graham avait un demi-million de bébés spirituels. Cette génération compte encore plus de « gamins *beat* », et le rapprochement n'est pas faux.

La Génération Perdue des années 20 ne croyait en rien et donc ils suivaient leur voie plutôt cyniquement en foutant tout par terre. Cette génération a fourni le corpus qui fait autorité aujourd'hui et nous regarde avec condescendance sous des sourcils froncés, nous qui voulons que ça *swingue* — dans la vie, dans l'art, dans tout, dans la confession de chaque chose à chacun. La Génération Perdue a tout foutu par terre ; la Beat Generation ramasse tous les morceaux. La Beat Generation *croit* qu'il y aura une sorte de justification de toute l'horreur de la vie. La première des Quatre Nobles Vérités est : Toute Vie Est Souffrance. Pourtant je les entends dire à quel point ça vaut le coup, si seulement on *croit,* si on laisse le flux sacré jaillir sans fin de cette source secrète de félicité vivante.

« Mon pote, j'adore tout ! » Tellement de mecs qui me disaient ça sur les trottoirs dans les années 40, quand le *beat* éclosait, telle une fleur éthérée, sur la misère et la folie des temps. « Mais pourquoi ? disais-je. Vous n'avez pas un rond, pas un endroit où dormir. » Réponse : « Mon pote, il suffit de planer, c'est tout. » Et je revoyais ces mêmes types le lendemain éreintés et béats faisant la gueule sur un banc dans le parc, refusant de parler à qui que ce soit, *engrangeant* pour croire plus.

Et ils étaient tous là, la nuit venue, les musiciens bop sur scène en train de souffler, ils avaient le *beat*, des centaines de têtes hochaient dans la pénombre enfumée, hochant au rythme de la musique : « Oui, oui, oui », voilà ce que disaient les têtes en hochant si rêveusement, si joliment, si *mystiquement*. Les musiciens qui attendaient leur tour pour se lancer dans un solo écoutaient aussi en hochant la tête, Oui. J'ai vu une génération entière faire oui de la tête. (J'ai vu aussi les junkies faire Non de la tête sur le bord de leur lit.)

Je ne pense pas que la Beat Generation devienne une bande abrutie de drogués et de voyous. Mes potes *beat* étaient tous *bons*, de braves gosses, intenses, sincères (« Maintenant donne-moi cinq minutes de ton temps et écoute *chaque mot* que je vais prononcer ! »)... Une attention tellement tendre ! Un tel espoir humain et pathétique que tout soit communiqué et capté, et que tout soit rendu bon par cette mystérieuse communion des esprits. Tout le truc de la drogue va s'éteindre. C'était une lubie, comme la baignoire de gin. Avec la Beat Generation, à la place de la vieille bouteille de champagne de la Génération Perdue enveloppée dans un bas de soie, on a trouvé un vieux tube d'amphés dans un placard, on a trouvé un vieux pétard dans une commode, tout couverts de poussière. Tout le truc de la drogue se limitait à une poignée de junkies cliniques et métaboliques avant que les autorités ne lui fassent autant de publicité. Et alors c'est devenu incontrôlable.

Quant au sexe, pourquoi pas ? Une femme qui m'interviewait m'a demandé si je pensais que la passion sexuelle foutait le bordel, j'ai dit : « Non, c'est la porte du paradis. »

Seuls les gens amers dénigrent la vie. La Beat Generation va être parfaitement adorable (comme dirait le grand Pinky Lee, Lee qui adore les enfants, et toutes les générations sont des enfants).

J'espère seulement qu'il n'y aura pas de guerre pour faire du mal à tous ces gens magnifiques, et je ne pense pas que ça puisse se produire. Il semble qu'il y ait une Beat Generation sur toute la planète, même derrière le Rideau de Fer. Je crois que la Russie veut sa part de ce que possède l'Amérique — de la nourriture et des vêtements et des plaisanteries pour tout un chacun.

Je prophétise que la Beat Generation, qui est censée être un nihilisme givré camouflé en mouvement dernier cri, sera la génération la plus sensible dans l'histoire de l'Amérique et, par conséquent, elle ne pourra faire que du bien. Tout ce qui ira mal sera le produit d'une interférence maléfique. S'il y a bien une qualité que j'ai vue se détacher plus fortement qu'aucune autre dans cette génération, c'est un esprit de non-ingérence dans la vie des autres. J'ai fait un rêve au cours duquel je ne voulais pas que le lion mange l'agneau et le lion s'est approché et m'a léché le visage comme un gros toutou et puis j'ai pris l'agneau dans mes bras et il m'a embrassé. C'est le rêve de la Beat Generation.

Contrecoup : la philosophie de la Beat Generation

La Beat Generation, c'était une vision que nous avions eue, John Clellon Holmes et moi, et Allen Ginsberg d'une manière encore plus dingue, à la fin des années 40, d'une génération de types à la coule illuminés et fous qui tout à coup se lèverait pour parcourir l'Amérique, sérieuse, curieuse, clocharde et faisant du stop dans toutes les directions, en loques, béate, d'une laideur belle dans sa grâce et sa nouveauté — une vision glanée au coin des rues à Times Square et dans le Village et dans la nuit des centres-villes de l'Amérique d'après-guerre en entendant la façon dont le mot *beat* était employé — *beat* signifiant être à la rue mais plein d'une intense conviction. Nous avions même entendu des vieux types à la coule de 1910 parler dans les rues et utiliser le mot comme ça, avec une mélancolie ironique. Cela n'a jamais voulu dire délinquants juvéniles ; cela voulait dire personnes douées d'une spiritualité particulière qui n'avaient pas formé de groupes mais étaient plutôt des Bartleby solitaires contemplant la fenêtre murée de notre civilisation. Les héros souterrains qui s'étaient finalement détournés de la machine à « liberté » de l'Occident et qui prenaient des drogues, adoraient le bop, avaient des éclairs de lucidité, faisaient l'expérience du « dérèglement de tous les sens », parlaient de façon bizarre, étaient pauvres et fiers de l'être, qui prophétisaient un nouveau style pour la culture américaine, un nouveau style (pensions-nous) complètement libéré des influences de l'Europe (à la différence de la Génération Perdue), une nouvelle incantation. La même chose ou presque se passait dans la France d'après-guerre de Sartre et de Genet et de surcroît nous le savions. Mais en ce qui concerne l'existence réelle d'une Beat Generation, il se peut fort bien que ça n'ait été qu'une idée dans nos esprits. Nous restions éveillés jour et nuit en buvant tasse sur tasse de café noir, en écoutant disque après disque Wardell Gray, Lester Young, Dexter Gordon, Willis Jackson, Lennie Tristano et tout le reste, en parlant comme des fous de cette nouvelle sensation sacrée qui régnait dans les rues. Nous écrivions des histoires sur un mec noir étrange et béatifique, un saint à barbichette qui traversait l'Iowa en stop avec une trompette rafistolée pour apporter sur d'autres rivages, à d'autres villes, le message secret du *souffle*, tel un authentique Walter sans le Sou menant une invisible Première Croisade. Nous avions nos héros mystiques et nous écrivions, non, nous chantions des romans où ils figuraient, de longs poèmes dressés célébrant les nouveaux « anges » de l'Amérique souterraine. En réalité il n'y avait qu'une poignée de mecs vraiment dans le coup et elle s'est dissipée sacrément vite pendant (et après) la guerre de Corée quand une sorte d'efficacité nouvelle et sinistre est apparue en Amérique ; ce fut peut-être le résultat de l'universalisation de la télévision et rien d'autre (soldats de la « paix » des Rafles de Contrôle de la Polie Police Totale), mais après 1950 les personnalités *beat* disparurent dans les prisons et les asiles de fous, ou furent culpabilisées et contraintes à une conformité silencieuse ; la génération elle-même n'eut qu'une brève existence et ses membres furent peu nombreux.

Mais il n'y aurait aucun sens à écrire cela, s'il n'était pas également vrai que, par une sorte de métamorphose miraculeuse, la jeunesse de l'après-guerre de Corée fut tout à coup à la coule et *beat*, s'étant approprié les poses et les styles ; bientôt c'était partout, le nouveau genre, l'allure « tordue » avachie ; cela finit même par apparaître au cinéma (James Dean) et à la télévision ; les arrangements bop qui avaient été autrefois la musique de l'extase secrète des contemplatifs *beat* firent leur apparition sur les partitions de la première fosse d'orchestre venue (cf. les œuvres de Neal Hefti et non le travail de Basie), les visions bop devinrent le bien commun du monde commercial, populaire, culturel ; l'usage d'expressions telles que « dément », « dingue de », « stressé », « se la taper », « genre » (« genre me la taper un de ces jours, je veux dire »), « parti », devint courant et même familier ; l'ingestion de drogues devint une pratique officielle (tranquillisants et autres) ; et même le style vestimentaire des types *beat* gagna la jeunesse rock'n'roll via Montgomery Clift (blouson de cuir), Marlon Brando (tee-shirt) et Elvis Presley (pattes), et la Beat Generation, bien que morte, fut ressuscitée et légitimée.

Cela s'est réellement produit, et ce qui est triste, c'est qu'au moment où on me demande d'expliquer la Beat Generation, il ne reste en fait plus rien de la Beat Generation originale.

Quant à une analyse de ce que cela signifie… Qui sait ? Même dans cette dernière phase de la civilisation où l'argent est la seule chose qui importe vraiment à *tout le monde*, je pense que c'est peut-être la Seconde Religiosité qu'Oswald

Spengler a prophétisée pour l'Occident (l'Amérique, dernière demeure de Faust), parce que les éléments d'une religion cachée sont en cours de révélation, par exemple dans le fait qu'un type comme Stan Getz, le plus grand génie du jazz de sa génération « *beat* », quand il a été en prison après avoir essayé de braquer un drugstore, s'est mis soudain à avoir des visions de Dieu et s'est repenti. Étranges conversations que nous avons entendues parmi les types à la coule du tout début, parlant de « fin du monde » au « second avènement », de « visions extraterrestres » et même de visitations, tous *croyants*, tous inspirés et fervents et libérés du Matérialisme de la Bohème Bourgeoise.

Un gamin avait des visions débiles d'Armageddon (dans la prison de Sing Sing) ; un autre, des visions de réincarnation voulues par Dieu. Un autre encore, des visions étranges d'apocalypse au Texas (avant et après les explosions de Texas City). Puis il y a eu la folle tentative d'un garçon demandant l'asile dans une église (les flics lui ont cassé le bras en l'expulsant), et la vision d'un gamin de Times Square du Jugement Dernier retransmis à la télévision (tout cela ayant lieu, fait avéré, au cours de la vie de tous les jours dans les esprits de membres typiques de ma génération, que je connais personnellement) ; réapparition de l'atmosphère printanière du premier gothique dans l'humanité occidentale, quand elle ne s'était pas encore engagée dans la logique de « civilisation » et n'avait pas développé la relativité, les avions à réaction et les super-bombes, mis en place les structures Big Brother super-colossales, bureaucratiques, totalitaires, bienveillantes. Donc, comme dit Spengler, lorsque arrive le crépuscule de notre culture (de toute imminence, selon ses courbes morphologiques) et que se dépose la poussière de l'entreprise civilisatrice, alors l'éclat limpide du jour déclinant révèle de nouveau les préoccupations originelles, révèle une *béatifique* indifférence pour les choses qui appartiennent à César, par exemple, une fatigue de ces choses-là et une quête, un regret de la valeur transcendante ou de « Dieu », de nouveau, le « Ciel », le regret spirituel de cet Amour Infini que notre théorie de la gravitation électromagnétique, notre conquête de l'espace finiront par prouver, et à la place de simples *techniques d'efficacité*, tout sera abandonné, comme pour une population qui a connu un violent tremblement de terre, les Dernières Choses… reviendront.

Nous avons tous entendu parler du Réveil Religieux, de Billy Graham et tout ça, dont la Beat Generation, ou même l'Existentialisme avec tout son vernis intellectuel et sa prétendue indifférence, représente un niveau encore plus profond, le désir d'être parti, hors de ce monde (qui n'est pas notre royaume), « défoncé », extatique, sauvé, comme si les visions des saints cloîtrés à Chartres et à Clairvaux étaient de nouveau parmi nous, comme de mauvaises herbes perçant les trottoirs d'une civilisation ankylosée s'épuisant dans ses derniers mouvements.

Ou peut-être que la Beat Generation, qui est le rejeton de la Génération Perdue, n'est qu'un pas de plus en direction de cette dernière, de cette pâle génération qui ne connaîtra pas non plus les réponses.

En tout cas, tout indique que ses effets se sont enracinés dans la culture américaine.

Peut-être.

Ou bien, quelle différence cela peut-il bien faire ?

Esquisses de Manhattan

La cafétéria — un comptoir resplendissant — les murs décorés — mais personne ne fait attention au vieux et noble plafond décoré à l'ancienne, plâtre en fait presque baroque (Louis XV ?) à présent bruni, d'une riche couleur beige fumé — où pendent des chandeliers (de toute évidence c'était un vieux restaurant) équipés maintenant d'ampoules électriques dans des petits abat-jour ou boîtiers métalliques —. Mais l'effet général est *nourriture étincelante* sur comptoir — les murs ne se font donc pas trop remarquer — sections de miroirs au plafond, miroirs sur des piliers, donnent une étrange impression d'espace — panneaux de bois brun avec portemanteaux et sections de murs décorés d'images dans des tons rosés, gravés — Mais ah le comptoir ! aussi brillant que Broadway dehors ! ses grandes rangées — un immense comptoir en forme de L — grandes rangées de gelée de menthe en dés dans des verres ; gelée de fraise en dés d'un rouge resplendissant, gelée de cerise recouverte de crème chantilly, flans à la vanille recouverts de crème ; grands sablés à la fraise déjà découpés en douze parts, illuminant le centre du L… Énormes salades, fromage blanc, ananas, prunes, œufs mimosa, pruneaux, tout — énormes pommes cuites au four — plats débordants de raisin, vert pâle et brun — immenses plats de gâteaux au fromage, de charlottes à la framboise, de riches mille-feuilles floconneux, de simples Boston, d'armées d'éclairs, de gâteaux au chocolat terriblement noir (brun scatologique étincelant) — de strudels profonds comme le temps et la rivière — de cookies tout frais et saupoudrés — de desserts glacés à la banane et à la fraise — de gâteaux glacés à l'orange — de pyramides faites de fraises, de crème chantilly, de cigarettes russes à la verticale, le tout glacé — immenses sections réservées aux splendeurs des gâteaux au café et des beignets danois — Le tout parsemé de bouteilles blanches de lait follement riche —. Puis la montagne des petits pains —. Puis les affaires sérieuses, le comptoir follement fumant et odorant des plats chauds — Gigot rôti, rôti de porc, filet de bœuf rôti, poitrine d'agneau au four, poivrons farcis, poulet à la vapeur, coquelet farci, toutes choses pour faire saliver la bouche du sans-le-sou — grandes sections de viandes tout juste sorties du four, et un long couteau posé sur le côté et le serveur qui pose délicatement des tranches aussi fines que du papier. La machine à café, les urnes, le robinet pour la crème, pour la vapeur — comme tombant du ciel — une promesse de joie offerte dans la grande ville des plaisirs.

Mais je n'ai pas fait allusion au meilleur — le comptoir des viandes froides, sandwiches et salades — avec des plats étalant des montagnes de toutes sortes de choses contenant du fromage blanc parsemé de ciboulette et d'autres épices brillantes, l'adorable saumon rose — jambon froid — emmenthal — tout le comptoir étincelant d'une joie glacée qui est aussi salée et nourrissante — poisson froid, harengs, oignons — grandes miches de pain de seigle en tranches — et ainsi de suite — toutes sortes de choses à l'étalage, salades d'œufs mimosa assez grandes pour couvrir tout un plat décoré à petites fleurs — avec de belles formes sensuelles — salades de saumon — (Pauvre Cody, devant tout ça avec ses chaussures éreintées de Denver, son « imitation » d'un costume littéraire qu'il avait voulu porter pour être accepté dans les cafétérias de New York qui, pensait-il, seraient sombres et simples comme les cafétérias de Denver, avec de la nourriture ordinaire —).

Cafétéria de la Sixième Avenue, plus pauvre mais plus vide — Les gens dans les cafétérias sourient quand ils arrivent et s'assoient à la table mais quand ils partent, quand à l'unisson leurs chaises raclent le sol, ils ramassent leurs manteaux et leurs affaires avec des visages moroses (tous le même degré de demi-morosité qui est une morosité toute particulière, déception liée au fait que la promesse du sourire à l'arrivée ne s'est pas réalisée ou si oui qu'elle est morte après une brève existence) — et pendant cette brève existence qui a la même qualité d'aveuglement inconscient que l'orgasme, tout est arrivé à toutes leurs âmes — c'est le MOMENT — l'apogée en résumé des relations humainement possibles — dure une seconde — le message vibratoire est envoyé — pourtant il ne s'agit pas de mystique non plus, c'est l'amour et la sympathie en un éclair. De la même façon, nous qui faisons des folies absolues de nos nuits (orgies à quatre, conversations trois jours durant, traversées du continent en voiture sans interruption), nous avons cette morosité momentanée qui annonce le besoin de sommeil — nous rappelle qu'il est possible de mettre fin à tout ça — plus encore nous rappelle que le moment est insaisissable, déjà envolé et si nous dormons nous pouvons l'invoquer de nouveau en le mélangeant à d'autres combinaisons magnifiques et illimitées — battre les vieilles cartes de l'âme dans un sommeil halluciné et dément — Donc les gens dans la cafétéria ont ce regard mais seulement jusqu'au moment où ils reprennent leurs chapeaux et leurs affaires, parce que la morosité est aussi un signal qu'ils s'adressent les uns aux autres, une sorte de « Bonne nuit, mesdames » de politesse de cœur intérieure peut-être. Quel genre d'ami sourirait ouvertement au nez de ses amis quand le temps morose est venu de prendre les manteaux et de se pencher pour sortir ? Donc c'est un signe de « Maintenant nous allons quitter cette table qui avait tant promis — ceci est notre obséquiosité devant la tristesse. » La morosité disparaît dès que quelqu'un dit quelque chose et qu'ils se dirigent vers la porte — en riant ils rejettent en arrière des échos vers la scène de leur désastre humain — ils s'éloignent dans la rue dans l'air nouveau fourni par le monde.

Ah, nos cœurs fous à tous.

Pendant ce temps l'homme qui lit le journal devant la grande porte ressemble à un Arabe en vêtements de ville, chapeau, nœud papillon, pantalon à carreaux, comme Aly Khan ses cheveux noirs dépassent de chaque côté du chapeau — Il est assis presque de face à la cafétéria (où nous les Égyptiens sommes en train d'attendre) sous cette foutue porte de six mètres qui a l'air de vouloir s'ouvrir derrière lui et une monstrueuse main verte d'un mètre cinquante va sortir, envelopper sa chaise et le faire glisser à l'intérieur, la grande porte se refermera et personne n'aura rien remarqué. (Et de chaque côté de la grande porte se trouve un pilier vert !) À l'intérieur, cet homme sera déshabillé et humilié — mais en fait réjoui — il secoue tristement la tête en direction du journal — il bouge le pied de haut en bas avec nervosité pendant qu'il lit — mais à la façon dont il tient le journal plié dans la hauteur et en se penchant à présent par-dessus comme une petite femme pour suivre la ligne imprimée, vous pouvez voir qu'il est vraiment en train de délirer — et il attend quelque chose d'autre. Au-dessus de lui, la grande porte verte se tient droite comme un agneau sacrifié au soleil à l'aube au bord de la mer, et elle a des ailes.

Une immense baie vitrée dans cette cafétéria blanche par une froide soirée de novembre à New York fait face à la rue (Sixième Avenue) mais à l'intérieur la lumière des tubes de néon se reflète dans la baie vitrée et à son tour illumine les murs du jardin japonais qui, par conséquent, se reflètent aussi et sont suspendus dans la rue avec les tubes de néon (et d'autres choses illuminées et reflétées, telle cette énorme porte verte de six mètres avec son boîtier rouge et blanc de sortie de secours reflété près des rideaux sur la gauche, un pilier en miroir depuis le fond, vaguement la plomberie peinte en blanc et en haut des choses, coin supérieur droit, et les pancartes qui sont en bas de la baie vitrée en regardant vers l'extérieur, annoncent Plat Végétarien 60 cents, Beignets de Poisson avec Spaghetti, Pain et Beurre (sans prix) et qui sont aussi reflétées et suspendues mais bas, près du trottoir parce qu'elles sont pratiquement posées dessus) — de sorte qu'une grande scène de New York la nuit, avec voitures et taxis et gens qui courent et Salle de Jeux, Librairie, Leo Vêtements, Imprimerie, et Ward Hamburger, et tout cela dans le novembre clair et froid, est rendue énigmatique par la présence de ces néons diaphanes suspendus, ces murs japonais, cette porte, ces signes de sortie de secours —

Mais maintenant examinons ça de plus près. Énigmatique et infiltré et obscurci et ondulé et hanté et bien sûr comme un kaléidoscope sur un kaléidoscope mais au-dessus de la rue étincelante se trouvent les fenêtres, sombres et éclairées par une lumière brune, des immeubles un peu sordides de la Sixième Avenue et les magasins de poupées anciennes et les plomberies noires de poussière et le Bureau de Recrutement de la Cafétéria Waldorf fermé, les néons à travers les fenêtres à l'autre bout — Plus loin dans l'obscurité se trouve le centre de toute cette scène humaine : c'est une fenêtre sale d'un quatrième étage avec le store tiré sur à peine trente centimètres mais dentelle ou mousseline tellement fine et sale (et maintenant la lumière vient de s'éteindre !) qu'elle ne peut masquer la silhouette d'un lit métallique. Maintenant que c'est éteint le pilier en miroir est tout à coup révélé dans toute sa hauteur parce que mon attention s'était portée sur la fenêtre réelle et le pilier reflété touchait à peine le rebord de la fenêtre et je ne le savais pas. Le plus étonnant de tout à présent ce pilier en miroir reflété et suspendu dans la rue est en même temps en train de refléter le tube de néon, le vrai à l'intérieur, pas celui projeté à l'extérieur, et reflète aussi des parties du mur que je n'ai pas mentionnées qui ne sont pas japonaises mais à carreaux rouge et vert. Il n'y a plus de lumière à aucune de ces fenêtres là-haut, je vais vous raconter ce qui s'est passé : un vieil homme a fini son dernier verre de bière et est allé se coucher — soit ça, soit il avait faim et a voulu se coucher pour éviter de dépenser 55 cents de beignets de poisson à l'Automat — ou bien une vieille putain s'est effondrée en pleurant sur son lit de ténèbres — ou bien ils m'ont vu en train d'observer la fenêtre du quatrième étage et de l'autre côté de la rue au bout de la nuit dans la ville démente — ou bien maintenant que la lumière est éteinte ils me voient à travers cette profusion de reflets (je sais que la paranoïa est la vision de ce qui se passe et la psychose la vision hallucinée de ce qui se passe, la paranoïa est la réalité, la paranoïa est le contenu des choses, la paranoïa n'est jamais satisfaite). D'autres signes, ceux de la baie vitrée, se reflètent de ce côté :

DÉLICIEUX
CHOCOLAT CHAUD

et en face de cette dinguerie l'éclair des voitures qui passent et les culs des piétons qui se pressent dans l'éclair froid, quand ce sont des taxis jaunes l'éclair est une traînée jaune et brillante, quand c'est des gens l'éclair est mémorisé et humain (une main, un sac, un paquet, un manteau, une toile emballée, une grisaille, au-dessus les visages blancs qui flottent) — Quand c'est une voiture l'éclair est sombre et brillant et en fixant pour voir tous les éclairs possibles parfois vous ne voyez plus que le doux déclic de la lueur allant et venant depuis les néons mélangés dans la rue — et la ligne blanche au milieu de la Sixième Avenue, et simplement l'indication brute d'une ordure dans le caniveau de l'autre côté de la rue, à moins que ce ne soit pour rappeler l'existence du caniveau, sans regarder, juste absorber en fixant les gens qui passent et vous savez qui ils sont (deux Texans ! je le savais ! et deux Noirs ! je le savais !) l'éclair d'un coupé gris déglingué qui a l'air de venir du Massachusetts (Canadiens excités qui viennent baiser dans les hôtels de New York) — à présent les lettres à l'envers « Chocolat chaud délicieux » révèlent leur profondeur à mes yeux qui s'écarquillent — elles dansent — à travers elles je vois la ville, et l'univers — Maintenant et finalement juste à la droite de cette partie de la baie vitrée que j'ai fixée pendant une demi-heure, jetant un coup d'œil à travers un espace de quinze centimètres entre les rideaux et la fenêtre il y a un miroir sur un mur latéral qui reflète tout ce qui se passe sur ma droite dans la rue, en fait à un endroit que je ne peux même pas voir, de sorte qu'en regardant dans mon « rétroviseur » j'ai soudain vu arriver un taxi qui venait du coin de mon œil et qui n'est tout simplement jamais arrivé, a disparu — il venait de la droite en réalité, de la gauche dans le reflet, et j'étais en train d'observer les éclairs des voitures et des taxis qui roulaient vers la droite — Dans cet espace de quinze centimètres il y a aussi les gens, suivant les mêmes lois de mouvement et de réflexion mais à une distance moins grande parce qu'ils sont plus près de la baie vitrée, plus près spécifiquement du miroir miraculeux, et ne sont pas rejetés sur la chaussée apparaissant de très loin. Pendant que j'observais ce « rétroviseur », une voiture s'est approchée et s'est garée dedans, c'est-à-dire qu'on voit une aile toute neuve et brillante (dissimulant, par exemple, la ligne blanche au milieu de la chaussée) et dans cette aile qui est arrondie ces petites images folles de choses et de lumière typiques des surfaces rondes et brillantes (comme votre nez qui devient énorme quand vous vous regardez de près) ces petites images qui se mettent à jouer même si je suis trop loin pour pouvoir les observer en détail — elles jouent seulement parce qu'un néon rouge clignote et chaque fois qu'il est allumé j'en vois un plus grand nombre — et en fait l'image délirante du néon principal joue sur le bord chromé du phare d'une Oldsmobile 88 (comme je peux le voir à présent) tandis que la lueur rouge clignote, et j'entends par-dessus les assiettes qui s'entrechoquent dans la cafétéria somnolente (et le chuintement du caoutchouc de la porte à tambour) et les voix qui murmurent, j'entends par-dessus ça les klaxons au loin et les mouvements agités de la ville et j'éprouve ma sensation immortelle et métropolitaine d'être-dans-la-ville, sensation qu'enfant j'avais adoré (comme nous tous)... claque au cœur des paillettes scintillantes.

(IL COMMENCE À PLEUVOIR)

Des gens qui passent — Les pauvres vieilles dames seules de Lowell qui sortent d'un Five & Ten avec leurs parapluies ouverts pour la pluie mais qui ont l'air tellement effrayées et en pleine détresse, pas la détresse des bonnes qui sourient en secret sous la pluie et ont de bonnes jambes pour trotter, les vieilles dames ont des jambes comme des cordes à piano et doivent se dandiner vers leur destination... et tout en parlant de leurs filles au beau milieu de leur détresse.

Le grand Irlandais à mèche avec son manteau en poil de chameau serré à la taille qui avance péniblement, les lèvres entrouvertes sur quelque morne pensée et comme s'il pleuvait sur son immense âme desséchée —

La grosse vieille dame incroyablement surchargée non seulement par son parapluie et sa cape mais dessous rebondie comme une femme enceinte avec ses paquets cachés et protégés qui dépassent tant qu'elle a du mal à ne pas percuter les gens sur le trottoir et quand elle montera dans le bus elle va créer un grave problème avec les pauvres gens qui, à l'instant, dans leur quartier de la ville se dirigent vers le bus sans se douter de ce qui les attend —

L'impeccable petite dame juive riche en manteau de fourrure qui soulève un parapluie qui attire l'œil par son magnifique motif (rouge et brun) et son prix probablement élevé, se dandinant rapidement d'un pas assuré sur ces jambes arquées *gazotsky* qui la distinguent des autres dames, la paysanne hautement civilisée dans les appartements luxueux avec mari poilu Aaron qui est dans la finance, gravité et lenteur hirsute d'un singe, elle a pris la direction de la maison avec un paquet et la pluie comme le reste ne la perturbent pas —

Le gentleman irlandais engoncé dans un ciré vert sombre, col relevé, serré sur son menton effilé, chapeau, pas de parapluie, légèrement anxieux au moment où il se dirige un peu lentement vers son objectif et perdu dans des pensées sur son travail ou sur sa femme ou nom de

Dieu sur toutes sortes de choses y compris des impressions de dégénérescence homosexuelle ou encore sur le fait que les communistes contrôlent secrètement sa vie en ce moment précis grâce à des ondes de pensée projetées par une machine depuis un sous-marin à huit kilomètres au large, peut-être par un télétypiste à la poste, pensant à tout ça pendant qu'il descend la Sixième Avenue dont le nom a été changé en Avenue of the Americas il y a quelques années à son grand dégoût, avançant entouré par la nuit de pluie sombre à ce moment du temps qu'il occupe avec ce regard blême et effrayé en direction de quelque chose tombé sur le trottoir (qui n'est pas moi) —

Le jeune type d'une trentaine d'années aux cheveux sombres, rondouillard et boutonneux, dans une veste bleue, de Brooklyn, qui passe les dimanches après-midi à lire des bandes dessinées (Mutt et Jeff) et écouter des matches de base-ball à la radio, sortant de son boulot d'expéditionnaire dans un bureau près du *New Yorker* sur la 45e Rue et pensant, tout à coup, qu'il a oublié la nouvelle clé du garage qu'il a fait faire le matin même, oubliée sur le bureau des envois dans cette lumière bleue et vide mais il pleut et donc il rentre à la maison et lui aussi est entouré par la nuit de pluie et l'Hudson et East River mais ne peut être compris qu'en rapport avec ses clés de garage (à ce moment précis) —

— Roy Cohn, Ingrid Bergman, il semble qu'ils soient passés maintenant séparément —

— L'étrange vieille dame folle qui n'est pas d'ici et qui se dandine comme si elle marchait sur un feu de bois dans la cour de la ferme d'où elle vient, ou est venue, avant qu'elle ne s'installe dans l'appartement tout en haut de cet immeuble en bois de New Brunswick, à la recherche d'un endroit où manger avec sa compagne, avec aux pieds ces chaussures noires à talon bobine de vieille dame, très fatiguée, tellement fatiguée qu'elle traîne derrière sa compagne (même genre mais pas aussi excentrique, pas autant vieille dame d'un inexprimable tragique) et elle voit cette cafétéria, crie : « Voici un endroit où manger », compagne répond : « C'est une cafétéria et la nourriture est horrible dans ces endroits, George m'a dit de m'en tenir aux petits restaurants — Mais il n'y en a pas ! » (et c'est bien normal, elles sont sur la Sixième Avenue et les restaurants sont dans les rues adjacentes pour la plupart, ceux avec les nappes blanches etc. même si elles vont finir par tomber sur des restaurants si elles continuent d'errer sous la pluie pendant cinq ou six blocs, du côté de Radio City) — Aussi décident-elles, ou plutôt

Compagne décide que ma Cafétéria n'existe pas et ma vieille dame excentrique avec ses cheveux gris et bouclés et ses possessions qui traînent sur le trottoir, telles que parapluie, paquets très bas secoués et presque suspendus à un doigt blanc tordu et veiné de bleu de vieille dame folle et le pan très long de son énorme manteau de vieille dame qui semble avoir été conçu comme le voile épais destiné à recouvrir la bombe atomique au milieu d'un terrain d'aviation à l'aube de façon que personne ne sache à quoi elle ressemble — cette pauvre vieille dame folle ressemble à mes tantes de Winchendon, dans le Maine, etc., dans les bois qui, avec un regard idiot, quittent la forêt de la nuit pour venir voir le grand New York étincelant et qui sont elles-mêmes de si pauvres créatures de la terre et de leur temps qu'elles sont complètement perdues à New York, elles n'y perdent pas leur allure de femmes des bois, souffrent sur les trottoirs de ciment de la même douleur et de la même maladresse et de la même détresse féminine et de la même angoisse extatique que celles qu'elles ressentent dans les alignements de pins sous les lunes couvertes de toiles d'araignée du New Hampshire ou même (allez-y) du Minnesota — et donc sont *vraiment* condamnées à l'échec en l'occurrence puisque jamais elles ne trouveront un restaurant qui, pour elles, symbolisera brillamment New York et dont elles pourraient faire le glorieux récit détaillé en rentrant à la maison près de la fenêtre de l'office, la petite qui donne sur la pile de bois et l'étoile polaire — elles ne trouveront même pas *un seul* restaurant et elles finiront par s'arrêter à une de ces cantines grecques de trois mètres de long parce que leurs pieds auront rendu l'âme et elles capituleront à New York dans des conditions qu'elles n'accepteraient même pas à Winchendon ou à Fergus Falls et jamais elles ne raconteront cette histoire honteuse sans éprouver un sentiment intense de fraternité des bois dans ce maudit New York qui n'existe pas.

En ce qui concerne les femmes jeunes je ne peux pas les regarder sans leur arracher leurs vêtements un par un, y compris cette dernière fille (avec sa Maman) qui porte un bandana vert et qui a un joli petit visage et un long manteau newlook, et des chaussures plates, qui marche en balançant nonchalamment les cuisses comme si elles étaient molles et pas aussi contrôlées que sa jeunesse le laisserait supposer, et le grand manteau dissimule sa silhouette mais j'imagine que sa chatte est douce, vous y parvenez à travers une culotte de dentelle blanche, et elle sera bien. C'est à peu près tout ce que je peux dire sur à peu près toutes les filles et le seul raffinement supplémentaire, c'est leur chatte et ça ira.

Traînant dans le métro, je vois un mec noir qui porte un chapeau de feutre gris ordinaire mais une chemise bleu foncé ou plutôt violette avec des boutons de manchette en nacre blanche et brillante — une veste en peau de requin grise par-dessus — mais un pantalon marron, chaussures noires, chaussettes bleu foncé ordinaires avec une rayure et imperméable en gabardine court et élimé, avec ourlet gondolé par la pluie — tenant à la main un sac en papier brun — son visage (il dort) est celui d'un puissant boxeur avec de grosses lèvres gonflées *(lèvres africaines épaisses)* mais étrangement doux visage potelé — peau brun sombre — ses grandes mains pendent, ses ongles sont roses (pas blancs) et salis par un travail manuel — Ressemble à Joe Louis mais à un Joe Louis qui n'aurait connu que le froid glacial des matins d'hiver de Harlem quand les vieux clochards noirs infiniment plus *beat* que le sacré Cody Pomeray du Denver des alcooliques passent avec leurs bonnets de laine tirés sur les oreilles sans autre perspective d'avenir qu'une horrible et violente persécution dans des foutues neiges au-dessous de zéro — Son regard est dingue, effrayé, presque rempli de larmes au moment où il se réveille de son somme et regarde de l'autre côté de la travée un Blanc au visage rouge avec lunettes et vêtements gris et un rubis au doigt, comme si cet homme tout particulièrement avait voulu le tuer… (en fait l'homme a les yeux fermés et mâche du chewing-gum). Maintenant le mec m'a vu et me regarde avec une sorte de vague intérêt naissant mais se rendort tout de suite (ce n'est pas la première fois que des gens le regardent).

Ce mec revient d'un boulot dans le Queens où il y a sans aucun doute une barrière métallique et il trimballe une sorte de balai à franges et se balade tête nue. À présent il a remis son grand chapeau de Harlem (ai-je dit ordinaire ? il a cette allure plongeante un peu dingue, un Chapeau *Oriental*, des milliers de mecs dans la rue). Il me fait penser à cet étrange gargouillement ou grondement noir dans la voix qui va avec cette position étrangement humble et presque clownesque du Noir américain et dont il a lui-même besoin et envie parce que typique d'un Mychkine humble et doux, sorte de sainteté mêlée à une rage primitive dans son sang. Quand il descend, il part en se dandinant, en faisant claquer ses doigts, paresseux, à moitié endormi, « Qu'est-ce que tu fous ? qu'est-ce que tu fous ? » ça a l'air et lui a l'air de me dire — Merde, maintenant parti, lui parti, je l'adore.

Mais à présent examinons ces Américains fous qui veulent être de gros mangeurs et prendre le métro avec ces cols blancs bien amidonnés (Oh G.J., ton abîme ?) et ces costumes de « cadres » et qui nom de Dieu rient et se pressent intensément contre leurs amis tous comme les joyeux Cody, Emil, Jimmy de tous les temps — celui-ci est un petit homme d'affaires, en fait un brave type, je peux le dire à son rire suppliant — le genre qui s'étouffe et dit : « Oh oui redis-la, je t'ai adoré cette fois-là ! » Et malheur ! malheur à moi, maintenant je vois qu'il est handicapé — pied gauche — et son visage est maintenant celui d'un invalide grave aux sourcils froncés peut-être comme le visage de ce monstre en patins à roulettes sur Larimer Street qui a dû, de toutes ses forces, le rendre immense et intense quand il l'a vu, le jeune Cody, jouant au ballon dans la rue en rentrant de l'école dans une perspective des tragiques après-midi perdus, depuis longtemps détachés du *souvenir de l'amour*, ce qui est le secret de l'Amérique — perdu aussi, cet invalide du métro, dans les plis de son cou épais d'homme musclé — portant une grande enveloppe en papier — discutant avec un grand type plus jeune à lunettes qu'il admire et vers lequel il se penche bien entendu avec cet amour de l'homme plus âgé pour le plus jeune et particulièrement de l'homme malade pour l'idiot en bonne santé où que ce soit.

À présent, toujours errant, une adorable vitrine de boulangerie : un gâteau aux cerises avec un petit trou rond au milieu pour faire voir les cerises — même chose avec pâte feuilletée, y compris *mince pie* et tarte aux pommes — cakes avec cerises, noix, ananas confit dans des gobelets en papier — merveilleux flans comme des lunes jaunes — gâteaux fourrés au citron — petits cookies spéciaux de deux couleurs — aussi glaçage à deux tons de chocolat sur de magnifiques gâteaux ronds au chocolat parsemés de miettes brunes et adorables décorations effilées sur le glaçage — faites avec les truelles de boulanger — Ces gros gâteaux épatants à la pomme et à l'ananas qui ont l'air de versions plus grosses que les gâteaux de l'Automat, glaçage débordant avec sucre glace — Tout le monde regarde pendant que je suis là debout à tout noter — Gâteaux effilochés à la noix de coco avec cerise au centre... comme des cheveux blancs en bataille.

La silhouette d'un arbre à contre-jour du crépuscule gris et pluvieux —

Ça m'a fait frissonner de joie de voir un gâteau couvert d'un glaçage rose tout effilé, avec une cerise rouge au milieu, avec des débris de chocolat tout autour !

Mais de l'autre côté de la rue un presbytère sinistre. Sur la pelouse, devant, il y a deux épicéas de six mètres de haut — le bâtiment a cette couleur de brique *orange* pâle très particulière, couleur de vomi, de vomi de chat — construit dans le style anglais ou saxon, avec des remparts de château fort au-dessus de la porte, la porte en chêne mais un chêne de couleur claire pas sombre avec trois petites fenêtres à vitraux au sommet pour la décoration et une au milieu afin de voir qui vient — de chaque côté du *cadre* en ciment gris où est gravé en lettres anciennes *Presbytère,* il y a deux jolies lampes Charles Dickens — puis deux petites meurtrières de trente centimètres de large environ, sur un mètre vingt de haut — au pied de cette entrée surchargée se trouve la fenêtre de la cave derrière un muret de ciment de protection (anonyme, dingue, comme les bouquets d'arbres de Noël devant les bureaux des avocats en banlieue, avec les petites barrières en fil de fer tout autour des bouquets) — forme : —

dingues, inutiles, soutenues par des petits piquets de fer de trente centimètres, l'air d'être collés avec un nœud coulant au-dessus

(avec un muret pour séparer ça, élever ou

accentuer son élévation par rapport au trottoir et quelque chose qui n'est jamais utilisé ou compris par personne si ce n'est des incurables *contemplatifs* comme Cody et moi) —

Au-dessus des remparts du château et des fenêtres gothiques de la façade du presbytère, il y a un pignon en brique avec une fenêtre américaine classique avec stores vénitiens, au-dessus de ça une croix en ciment gris qui ressemble aux poteaux métalliques que vous voyez autour des monuments aux morts dans les parcs du Sud et aux croix qui ornent les bureaux des cimetières. De douces et riches lumières orangées enflamment le presbytère au crépuscule. Ceci n'est rien en comparaison de la cathédrale de Combray de Proust, où la pierre fait des vagues excentriques, la cathédrale elle-même étant un grand réfracteur de la lumière venue de « dehors » —

Ah oui, la cathédrale St. Patrick — l'autel de St. Joseph à ma droite, une symphonie de bruns — Ses vêtements bruns avec la traditionnelle corde autour de la taille, les rangées de cierges bruns qui dansent — derrière le confessionnal brun au milieu des ombres pressées et anonymes de l'église où de vieux hommes murmurent du fond de leur larynx dans votre oreille, avec un rideau de velours rouge comme le porto et quelque part un prêtre mange des raisins — Une curieuse jeune femme en manteau de rat musqué traîne par là en train d'allumer des cierges — Qu'est-ce qu'elle a à faire avec saint Joseph ? — Lui qui, avec la contenance modeste du plâtre à présent, tenant l'enfant insubstantiel au visage et aux pieds trop petits et au corps de poupée, presse sa joue contre les boucles peintes, soutient en l'air et sans difficulté contre sa poitrine brune le Fils, d'une main qui ne serre pas mais accueille, le regard baissé vers les cierges, douleur atroce, le pied du monde, tous les anges et les calendriers et les autels en flèche derrière lui, ses yeux baissés vers un mystère auquel il ne fut pas lui-même admis, et pourtant il a bien voulu croire que le pauvre saint Joseph était argile dans la Main de Dieu (statue), un humble saint véritable de son propre aveu — sans aucune des vaines frénésies de saint François, un saint sans gloire, culpabilité, réussite ou charme — un modeste fantôme grave s'effaçant sous les Arcades de la Chrétienté — Lui qui connaissait les étoiles du désert et qui avait craché avec les Rois Mages derrière l'étable — organisateur de la crèche, vieux saint vagabond des greniers à foin et des pistes à chameaux — Vieille dame à manteau noir et cheveux gris (*Ma Tante Justine**) balance l'action nécessaire, la pièce, dans le tronc des cierges et Joseph fait un signe de reconnaissance avec ce soupir insaisissable et imperceptible des statues —

La pluie s'est arrêtée, à la maison à Jamaica, Long Island, la nuit — il se trouve qu'il y a du brouillard — gémissement lointain et faible d'un klaxon — sifflement soudain de la vapeur d'une locomotive, ça ou bien fracas de tiges d'acier — éclaboussement d'une voiture qui passe avec ce son dans l'aube des villes que nous connaissons tous — me rappelle Cambridge, Massachusetts, à l'aube et je ne suis pas allé à Harvard — Très loin une chute anonyme ou une sorte de hurlement (amplifié, vibrionné) provenant soit d'un train en plein virage d'acier, soit d'une voiture en dérapage — grondement d'un camion qui arrive — petit camion, mais qui a des pneus qui sifflent dans la brume — un double « bop bop » ou « bip bip » en provenance de la voie ferrée, peut-être un usage modéré du sifflet d'une grosse Diesel de la part du mécanicien en signe de reconnaissance de la lanterne agitée par le serre-frein ou l'accrocheur de wagons — le son de tout le truc en général, quand il n'y a pas de sons proches spécifiques, est celui de la mer bien entendu mais presque comme celui d'une structure vivante aussi, comme si en regardant la maison vous imaginiez qu'elle ajoute sa respiration au bruit général du silence — (toujours très loin, dans le silence, vous pouvez entendre le minuscule QUOUI de quelque chose, l'asthme anonyme de la gorge du Temps) — à présent, un homme, probablement un chauffeur de camion, crie au loin et fait penser à un jeune type aventureux jouant dans les ténèbres — les harmonies des interruptions pour respirer s'arrêtant sur deux intervalles, première application, le son se mélangeant et faisant écho à la deuxième application et s'harmonisant — Un groupe de feuilles jaunes de novembre sur un arbre par ailleurs nu et penaud d'être élagué envoie un très faible PLIC quand elles se frottent les unes contre les autres pour se préparer à mourir. Quand je vois une feuille tomber, je dis toujours au revoir — Et ça a un son qui est perdu sauf si la campagne est tranquille, auquel cas je suis sûr qu'elle fait vibrer la terre, comme les fourmis dans les orchestres — Gémissement, le son terrible à présent du haut-parleur dans la fabrique de lait, la voix qui a l'air de sortir d'un tuyau de poêle rempli de filtres et amplifiée — une voix comme la nuit — un énorme criquet métallique — (c'est fini) — je l'ai entendu une fois très fort, « S'il vous plaît, fermez le robinet », une femme, une nuit où il pleuvait, j'étais totalement choqué — Une portière qui claque, le déclic, le déclic de la moderne charnière de velours juste avant le claquement étouffé —

Le claquement nouveau et amorti dans l'oreille, flump —

Un homme en manteau et chapeau se préparant à quelque chose de pompeux, secret, gêné —

Tout le coin respire ; il semble vouloir me dire quelque chose d'intelligible —

COLLECTION FOLIO 2 €

Dernières parutions

5128. Grégoire Polet	*Petit éloge de la gourmandise*
5129. Paul Verlaine	*L'Obsesseur* précédé d'*Histoires comme ça*
5163. Ryûnosuke Akutagawa	*La vie d'un idiot* précédé d'*Engrenage*
5164. Anonyme	*Saga d'Eiríkr le Rouge* suivi de *Saga des Groenlandais*
5165. Antoine Bello	*Go Ganymède!*
5166. Adelbert von Chamisso	*L'étrange histoire de Peter Schlemihl*
5167. Collectif	*L'art du baiser. Les plus beaux baisers de la littérature*
5168. Guy Goffette	*Les derniers planteurs de fumée*
5169. H. P. Lovecraft	*L'horreur de Dunwich*
5170. Léon Tolstoï	*Le Diable*
5184. Alexandre Dumas	*La main droite du sire de Giac* et autres nouvelles
5185. Edith Wharton	*Le miroir* suivi de *Miss Mary Pask*
5231. Théophile Gautier	*La cafetière* et autres contes fantastiques
5232. Claire Messud	*Les Chasseurs*
5233. Dave Eggers	*Du haut de la montagne, une longue descente*
5234. Gustave Flaubert	*Un parfum à sentir ou Les Baladins* suivi de *Passion et vertu*
5235. Carlos Fuentes	*En bonne compagnie* suivi de *La chatte de ma mère*
5236. Ernest Hemingway	*Une drôle de traversée*
5237. Alona Kimhi	*Journal de Berlin*
5239. Kenzaburô Ôé	*Seventeen*
5240. P. G. Wodehouse	*Une partie mixte à trois* et autres nouvelles du green
5290. Jean-Jacques Bernard	*Petit éloge du cinéma d'aujourd'hui*
5291. Jean-Michel Delacomptée	*Petit éloge des amoureux du silence*

5292. Mathieu Terence — *Petit éloge de la joie*
5293. Vincent Wackenheim — *Petit éloge de la première fois*
5295. Collectif — *Ne nous fâchons pas ! ou l'art de se disputer au théâtre*
5296. Robin Robertson — *Fiasco ! Des écrivains en scène*
5297. Miguel de Unamuno — *Des yeux pour voir* et autres contes
5298. Jules Verne — *Une fantaisie du Docteur Ox*
5299. Robert Charles Wilson — *YFL-500* suivi du *Mariage de la dryade*
5347. Honoré de Balzac — *Philosophie de la vie conjugale*
5348. Thomas De Quincey — *Le bras de la vengeance*
5349. Charles Dickens — *L'Embranchement de Mugby*
5351. Marcus Malte — *Mon frère est parti ce matin...*
5352. Vladimir Nabokov — *Natacha* et autres nouvelles
5353. Arthur Conan Doyle — *Un scandale en Bohême* suivi d'*Étoile d'argent. Deux aventures de Sherlock Holmes*
5354. Jean Rouaud — *Préhistoires*
5355. Mario Soldati — *Le père des orphelins*
5356. Oscar Wilde — *Maximes* et autres textes
5415. Franz Bartelt — *Une sainte fille* et autres nouvelles
5416. Mikhaïl Boulgakov — *Morphine*
5417. Guillermo Cabrera Infante — *Coupable d'avoir dansé le cha-cha-cha*
5418. Collectif — *Jouons avec les mots. Jeux littéraires*
5419. Guy de Maupassant — *Contes au fil de l'eau*
5420. Thomas Hardy — *Les intrus de la Maison Haute* précédé d'un autre conte du Wessex
5421. Mohamed Kacimi — *La confession d'Abraham*
5422. Orhan Pamuk — *Mon père* et autres textes
5423. Jonathan Swift — *Modeste proposition* et autres textes
5424. Sylvain Tesson — *L'éternel retour*
5462. Lewis Carroll — *Misch-masch* et autres textes de jeunesse
5463. Collectif — *Un voyage érotique. Invitations à l'amour dans la littérature du monde entier*
5465. William Faulkner — *Coucher de soleil* et autres Croquis de La Nouvelle-Orléans

5466. Jack Kerouac — *Sur les origines d'une génération* suivi de *Le dernier mot*
5467. Liu Xinwu — *La Cendrillon du canal* suivi de *Poisson à face humaine*
5468. Patrick Pécherot — *Petit éloge des coins de rue*
5469. George Sand — *Le château de Pictordu*
5471. Martin Winckler — *Petit éloge des séries télé*
5526. Jacques Ellul — *« Je suis sincère avec moi-même »* et autres lieux communs
5527. Liu An — *Du monde des hommes. De l'art de vivre parmi ses semblables*
5531. Jacques de Voragine — *La Légende dorée. Vie et mort de saintes illustres*
5532. Grimm — *Hänsel et Gretel* et autres contes
5590. Anonyme — *Le brahmane et le pot de farine. Contes édifiants du* Pañcatantra
5592. Xun zi — *Traité sur le Ciel* et autres textes
5606. Collectif — *Un oui pour la vie ? Le mariage en littérature*
5607. Éric Fottorino — *Petit éloge du Tour de France*
5608. E. T. A. Hoffmann — *Ignace Denner*
5609. Frédéric Martinez — *Petit éloge des vacances*
5610. Sylvia Plath — *Dimanche chez les Minton* et autres nouvelles
5611. Lucien — *« Sur des aventures que je n'ai pas eues ». Histoire véritable*
5631. Boccace — *Le Décaméron. Première journée*
5632. Isaac Babel — *Une soirée chez l'impératrice* et autres récits
5633. Saul Bellow — *Un futur père* et autres nouvelles
5634. Belinda Cannone — *Petit éloge du désir*
5635. Collectif — *Faites vos jeux ! Les jeux en littérature*
5636. Collectif — *Jouons encore avec les mots. Nouveaux jeux littéraires*
5637. Denis Diderot — *Sur les femmes* et autres textes
5638. Elsa Marpeau — *Petit éloge des brunes*
5639. Edgar Allan Poe — *Le sphinx* et autres contes
5640. Virginia Woolf — *Le quatuor à cordes* et autres nouvelles

5714. Guillaume Apollinaire	*« Mon cher petit Lou ». Lettres à Lou*
5715. Jorge Luis Borges	*Le Sud* et autres fictions
5717. Chamfort	*Maximes* suivi de *Pensées morales*
5718. Ariane Charton	*Petit éloge de l'héroïsme*
5719. Collectif	*Le goût du zen. Recueil de propos et d'anecdotes*
5720. Collectif	*À vos marques ! Nouvelles sportives*
5721. Olympe de Gouges	*Déclaration des droits de la femme et de la citoyenne* et autres écrits *« Femme, réveille-toi ! »*
5722. Tristan Garcia	*Le saut de Malmö* et autres nouvelles
5723. Silvina Ocampo	*La musique de la pluie* et autres nouvelles
5760. Leonardo Sciascia	*La tante d'Amérique*
5761. Prosper Mérimée	*La perle de Tolède* et autres nouvelles
5762. Amos Oz	*Chanter* et autres nouvelles
5794. James Joyce	*Un petit nuage* et autres nouvelles
5795. Blaise Cendrars	*L'Amiral*
5797. Ueda Akinari	*La maison dans les roseaux* et autres contes
5798. Alexandre Pouchkine	*Le coup de pistolet* et autres récits de feu Ivan Pétrovitch Bielkine
5818. Mohammed Aïssaoui	*Petit éloge des souvenirs*
5819. Ingrid Astier	*Petit éloge de la nuit*
5820. Denis Grozdanovitch	*Petit éloge du temps comme il va*
5821. Akira Mizubayashi	*Petit éloge de l'errance*
5835. Francis Scott Fitzgerald	*Bernice se coiffe à la garçonne* précédé du *Pirate de la côte*
5837. Montesquieu	*Plaisirs et bonheur* et autres *Pensées*
5838. Ihara Saikaku	*Histoire du tonnelier tombé amoureux* suivi d'*Histoire de Gengobei*
5839. Tang Zhen	*Des moyens de la sagesse* et autres textes
5856. Collectif	*C'est la fête ! La littérature en fêtes*
5896. Collectif	*Transports amoureux. Nouvelles ferroviaires*
5897. Alain Damasio	*So phare away* et autres nouvelles
5898. Marc Dugain	*Les vitamines du soleil*
5899. Louis Charles Fougeret de Monbron	*Margot la ravaudeuse*

5900. Henry James — *Le fantôme locataire* précédé d'*Histoire singulière de quelques vieux habits*

5901. François Poullain de La Barre — *De l'égalité des deux sexes*

5902. Junichirô Tanizaki — *Le pied de Fumiko* précédé de *La complainte de la sirène*

5903. Ferdinand von Schirach — *Le hérisson* et autres nouvelles

5904. Oscar Wilde — *Le millionnaire modèle* et autres contes

5905. Stefan Zweig — *Découverte inopinée d'un vrai métier* suivi de *La vieille dette*

5973. Collectif — *Pourquoi l'eau de mer est salée* et autres contes de Corée

5974. Honoré de Balzac — *Voyage de Paris à Java* suivi d'*Un drame au bord de la mer*

5975. Collectif — *Des mots et des lettres. Énigmes et jeux littéraires*

5976. Joseph Kessel — *Le paradis du Kilimandjaro* et autres reportages

5977. Jack London — *Une odyssée du Grand Nord* précédé du *Silence blanc*

5992. Pef — *Petit éloge de la lecture*

5994. Thierry Bourcy — *Petit éloge du petit déjeuner*

5995. Italo Calvino — *L'oncle aquatique* et autres récits cosmicomics

5996. Gérard de Nerval — *Le harem* suivi d'*Histoire du calife Hakem*

5997. Georges Simenon — *L'Étoile du Nord* et autres enquêtes de Maigret

5998. William Styron — *Marriott le marine*

5999. Anton Tchékhov — *Les groseilliers* et autres nouvelles

6001. P'ou Song-ling — *La femme à la veste verte. Contes extraordinaires du Pavillon du Loisir*

6002. H. G. Wells — *Le cambriolage d'Hammerpond Park* et autres nouvelles extravagantes

6042. Collectif — *Joyeux Noël ! Histoires à lire au pied du sapin*

6083. Anonyme — *Saga de Hávardr de l'Ísafjördr. Saga islandaise*

6084. René Barjavel — *Les enfants de l'ombre* et autres nouvelles

6085. Tonino Benacquista — *L'aboyeur* précédé de *L'origine des fonds*

6086. Karen Blixen — *Histoire du petit mousse* et autres contes d'hiver

6087. Truman Capote — *La guitare de diamants* et autres nouvelles

6088. Collectif — *L'art d'aimer. Les plus belles nuits d'amour de la littérature*

6089. Jean-Philippe Jaworski — *Comment Blandin fut perdu* précédé de *Montefellóne. Deux récits du Vieux Royaume*

6090. D.A.F. de Sade — *L'Heureuse Feinte* et autres contes étranges

6091. Voltaire — *Le taureau blanc* et autres contes

6111. Mary Wollstonecraft — *Défense des droits des femmes* (extraits)

6159. Collectif — *Les mots pour le lire. Jeux littéraires*

6160. Théophile Gautier — *La Mille et Deuxième Nuit* et autres contes

6161. Roald Dahl — *À moi la vengeance S.A.R.L.* suivi de *Madame Bixby et le manteau du Colonel*

6162. Scholastique Mukasonga — *La vache du roi Musinga* et autres nouvelles rwandaises

6163. Mark Twain — *À quoi rêvent les garçons. Un apprenti pilote sur le Mississippi*

6178. Oscar Wilde — *Le Pêcheur et son Âme* et autres contes

6179. Nathacha Appanah — *Petit éloge des fantômes*

6180. Arthur Conan Doyle — *La maison vide* précédé du *Dernier problème. Deux aventures de Sherlock Holmes*

6181. Sylvain Tesson — *Le téléphérique* et autres nouvelles

6182. Léon Tolstoï — *Le cheval* suivi d'*Albert*

6183. Voisenon — *Le sultan Misapouf et la princesse Grisemine*

6184. Stefan Zweig — *Était-ce lui ?* précédé d'*Un homme qu'on n'oublie pas*

6210. Collectif — *Paris sera toujours une fête. Les plus grands auteurs célèbrent notre capitale*

6211. André Malraux — *Malraux face aux jeunes. Mai 68, avant, après. Entretiens inédits*
6241. Anton Tchékhov — *Les méfaits du tabac* et autres pièces en un acte
6242. Marcel Proust — *Journées de lecture*
6243. Franz Kafka — *Le Verdict – À la colonie pénitentiaire*
6245. Joseph Conrad — *L'associé*
6246. Jules Barbey d'Aurevilly — *La Vengeance d'une femme* précédé du *Dessous de cartes d'une partie de whist*
6285. Jules Michelet — *Jeanne d'Arc*
6286. Collectif — *Les écrivains engagent le débat. De Mirabeau à Malraux, 12 discours d'hommes de lettres à l'Assemblée nationale*
6319. Emmanuel Bove — *Bécon-les-Bruyères* suivi du *Retour de l'enfant*
6320. Dashiell Hammett — *Tulip*
6321. Stendhal — *L'abbesse de Castro*
6322. Marie-Catherine Hecquet — *Histoire d'une jeune fille sauvage trouvée dans les bois à l'âge de dix ans*
6323. Gustave Flaubert — *Le Dictionnaire des idées reçues*
6324. F. Scott Fitzgerald — *Le réconciliateur* suivi de *Gretchen au bois dormant*
6358. Sébastien Raizer — *Petit éloge du zen*
6359. Pef — *Petit éloge de lecteurs*
6360. Marcel Aymé — *Traversée de Paris*
6361. Virginia Woolf — *En compagnie de Mrs Dalloway*
6362. Fédor Dostoïevski — *Un petit héros*
6395. Truman Capote — *New York, Haïti, Tanger* et autres lieux
6396. Jim Harrison — *La fille du fermier*
6412. Léon-Paul Fargue — *Mon quartier* et autres lieux parisiens
6413. Washington Irving — *La Légende de Sleepy Hollow*
6414. Henry James — *Le Motif dans le tapis*
6415. Marivaux — *Arlequin poli par l'amour* et autres pièces en un acte
6417. Vivant Denon — *Point de lendemain*
6418. Stefan Zweig — *Brûlant secret*

6459. Simone de Beauvoir — *L'âge de discrétion*
6460. Charles Dickens — *À lire au crépuscule* et autres histoires de fantômes
6493. Jean-Jacques Rousseau — *Lettres sur la botanique*
6494. Giovanni Verga — *La Louve* et autres récits de Sicile
6495. Raymond Chandler — *Déniche la fille*
6496. Jack London — *Une femme de cran* et autres nouvelles
6528. Michel Déon — *Un citron de Limone* suivi d'*Oublie…*
6530. François Garde — *Petit éloge de l'outre-mer*
6531. Didier Pourquery — *Petit éloge du jazz*
6532. Patti Smith — *« Rien que des gamins »*
6546. Barack Obama — *Discours choisis*
6563. Jean Giono — *Refus d'obéissance*
6564. Ivan Tourguéniev — *Les Eaux tranquilles*
6566. Collectif — *Déclaration universelle des droits de l'homme*
6567. Collectif — *Bonne année ! 10 réveillons littéraires*
6579. Honoré de Balzac — *La Vendetta*
6580. Antoine Bello — *Manikin 100*
6581. Ian McEwan — *Mon roman pourpre aux pages parfumées* et autres nouvelles
6582. Irène Némirovsky — *Film parlé*
6618. Chimamanda Ngozi Adichie — *Le tremblement* précédé de *Lundi de la semaine dernière*
6619. Elsa Triolet — *Le destin personnel* suivi de *La belle épicière*
6650. Collectif — *Tous végétariens ! D'Ovide à Ginsberg, petit précis de littérature végétarienne*
6651. Hans Fallada — *Voyous, truands et autres voleurs*
6652. Marina Tsvétaïéva — *La tempête de neige – Une aventure. 2 pièces romantiques*
6653. Émile Zola — *Le Paradis des chats* et autres textes
6693. Corinne Atlan — *Petit éloge des brumes*
6694. Ludmila Oulitskaïa — *La soupe d'orge perlé* et autres nouvelles
6695. Stefan Zweig — *Les Deux Sœurs* précédé d'*Une histoire au crépuscule*
6727. Marcel Proust — *Vacances de Pâques* et autres chroniques

6728. Jane Austen — *Amour et amitié*
6742. Marguerite Yourcenar — *Les Songes et les Sorts*
6743. Les sœurs Brontë — *Autolouange* et autres poèmes
6744. F. Scott Fitzgerald — *Le diamant gros comme le Ritz*
6745. Nicolas Gogol — *2 nouvelles de Pétersbourg*
6746. Eugène Dabit — *Fauteuils réservés* et autres contes
6778. Annie Ernaux — *Hôtel Casanova* et autres textes brefs
6779. Victor Hugo — *Les Fleurs*
6798. Chimamanda Ngozi Adichie — *Nous sommes tous des féministes* suivi du *Danger de l'histoire unique*
6812. Ray Bradbury — *La fusée* et autres nouvelles
6813. Albert Cossery — *Les affamés ne rêvent que de pain* précédé de *Danger de la fantaisie*
6814. Georges Rodenbach — *Bruges-la-Morte*
6863. Zéno Bianu — *Petit éloge du bleu*
6876. Kazuo Ishiguro — *2 nouvelles musicales*
6888. Ovide — *Pénélope à Ulysse* et autres lettres d'amour de grandes héroïnes antiques
6889. Louis Pergaud — *La tragique aventure de Goupil* et autres contes animaliers
6890. Rainer Maria Rilke — *Notes sur la mélodie des choses* et autres textes
6917. Charles Baudelaire — *De l'essence du rire* et autres textes
6918. Marguerite Duras — *Madame Dodin*
6919. Madame de Genlis — *Mademoiselle de Clermont*
6945. Cesare Pavese — *La plage*
6946. Rabindranath Tagore — *À quatre voix*
6983. Jean-Pierre Siméon — *Petit éloge de la poésie*
6985. Belinda Cannone — *Petit éloge de l'embrassement*
7011. Collectif — *Écrire Marseille. 15 grands auteurs célèbrent la cité phocéenne*
7012. Fédor Dostoïevski — *Les Nuits blanches*
7026. George Orwell — *Pourquoi j'écris* et autres textes politiques
7027. Ivan Tourguéniev — *Le Journal d'un homme de trop*

*Tous les papiers utilisés pour les ouvrages
des collections Folio sont certifiés
et proviennent de forêts gérées durablement.*

*Composition Nord Compo
Impression Novoprint
à Barcelone, le 23 février 2022
Dépôt légal : février 2022*

ISBN 978-2-07-288543-3 / Imprimé en Espagne.

363205